Mistério e Costumes

Título original: *Mistery and Manners*

Editor
Edson Manoel de Oliveira Filho

Produção editorial
É Realizações Editora

Diagramação e projeto gráfico
André Cavalcante Gimenez

Capa
Daniel Justi

Preparação de texto
Marta Almeida de Sá

Tradução do prefácio
Juliana Amato

Revisão do prefácio
Valquíria Della Pozza

CIP-BRASIL. CATALOGAÇÃO NA PUBLICAÇÃO
SINDICATO NACIONAL DOS EDITORES DE LIVROS, RJ

O18m

O'Connor, Flannery, 1925-1964
Mistério e costumes / Flannery O'Connor ; tradução William Campos da Cruz. – 1. ed. – São Paulo : É Realizações, 2023.
296 p. ; 19 cm.

Tradução de: Mistery and manners
Apêndice
ISBN 978-85-8033-408-1

1. O'Connor, Flannery, 1925-1964 – Crítica e interpretação. 2. Literatura – História e crítica. I. Cruz, William Campos da. II. Título.

23-84694 CDD: 810.9
CDU: 82.09(73)

Gabriela Faray Ferreira Lopes – Bibliotecária – CRB-7/6643
26/06/2023 29/06/2023

É Realizações Editora, Livraria e Distribuidora Ltda.
Rua França Pinto, 498 · São Paulo SP · CEP 04016-002
Telefone: (5511) 5572 5363 · atendimento@erealizacoes.com.br
www.erealizacoes.com.br

Este livro foi impresso pela Gráfica Paym em agosto de 2023. Os tipos são da família Pensum Pro. O papel do miolo é o Luxcream 70 g., e o da capa, cartão Ningbo CS1 250 g.

Flannery O'Connor

Mistério e Costumes

Tradução de
William Campos da Cruz

É Realizações
Editora

Sumário

Flannery O'Connor,[1,2] por Stanley Edgar Hyman[3]

Tradução: Juliana Amato

Mary Flannery O'Connor nasceu em Savannah, Geórgia, Estados Unidos, em 25 de março de 1925. Foi a única filha de Regina L. Cline e Edward F. O'Connor Jr. As duas famílias eram católicas e a família Cline era bastante conhecida no estado: durante muitos anos o pai de Regina havia sido prefeito de Milledgeville.

Mary Flannery foi uma criança solitária até começar a frequentar a escola paroquial e sempre gostou de cuidar de suas aves. Aos cinco anos, uma tia lhe deu um pequeno garnizé que andava para trás, e a pequena Flannery tornou-se uma celebridade nacional quando os documentaristas da *The Pathé News* a filmaram com sua galinha treinada e exibiram o vídeo país afora.

---

1 Texto extraído de *Pamphlets on American Writers,* n. 54, publicado pela University of Minnesota Press em junho de 1966.

2 Em todos os trechos ficcionais citados, a tradutora se baseou nas edições brasileiras de *Contos Completos* (trad. Leonardo Fróes, Ed. Cosac Naify, 2008); e *Sangue Sábio* (trad. José Roberto O'Shea, Editora Arx, 2002).

3 Stanley Edgar Hyman (1919–1970) foi professor no Bennington College, colunista do *New Yorker* e autor e editor de inúmeros livros — o mais recente é *The Promised End.*

Em 1938 Edward O'Connor descobriu que havia contraído lúpus, doença autoimune em que o corpo cria anticorpos contra os próprios tecidos saudáveis. A família O'Connor mudou-se, então, para Milledgeville, para a casa da família Cline, no centro da cidade. Na Peabody High School, Mary Flannery era estudiosa e alegre: escrevia e ilustrava livros e pouco antes de se formar registrou no anuário que seu hobby era "colecionar cartas de recusa das editoras". Entre outros animais de estimação ela tinha uma codorniz chamada Amelia Earhart e um ganso adestrado, montava a cavalo e fazia joias de fibras plásticas.

Edward O'Connor morreu em 1941. No ano seguinte, Mary Flannery terminou o segundo grau e matriculou-se no Women's College of Georgia (Academia para Mulheres da Geórgia), então Georgia State College for Women, em Milledgeville.

Na faculdade, Mary Flannery especializou-se em inglês e ciências sociais. Foi editora do jornal de artes, do suplemento literário e do livro do ano. Escreveu ficções para o suplemento literário *The Corinthian*, mas inicialmente queria ser cartunista. Em seu último ano enviou alguns cartuns para a *New Yorker*, que elogiou a sua produção, mas nunca adquiriu nenhum deles.

Em 1945, Flannery obteve seu grau de bacharel em artes. Uma professora de inglês enviou alguns de seus contos para a Oficina de Escrita Criativa da Universidade de Iowa e ela ganhou uma bolsa de estudos para participar do programa, o que a fez considerar tornar-se uma escritora de ficção. Em Iowa City, trabalhou arduamente a sua escrita e continuou a enviar os seus contos para diversas publicações — o primeiro a ser vendido foi publicado no periódico literário *Accent*, em 1946. Em junho de 1947, formou-se Master in Fine Arts em literatura. Passou mais um ano na universidade e partiu para a Yaddo foundation, uma espécie de residência para artistas e escritores, onde começou a escrever o seu primeiro romance, *Wise Blood* [*Sangue Sábio*], e depois se mudou para Nova York, onde viveu em um prédio de apartamentos. Quatro capítulos de *Sangue Sábio* foram publicados na revista *Mademoiselle* e nos suplementos *Sewanee Review* e *Partisan Review*, nos anos de 1948 e 1949, e ainda em Nova York Flannery fez amizade com outros dois escritores católicos: Robert e Sally Fitzgerald. Quando, no verão de 1949, o casal comprou uma casa em Ridgefield, Connecticut, ela foi morar com eles como pensionista e continuou dedicando todo o tempo a seu romance.

No fim de 1950, Flannery O'Connor ficou gravemente doente, e em Atlanta obteve o seu diagnóstico: lúpus. Flannery passou por transfusões de sangue e foi possível conter o avanço da doença com injeções de um derivado de cortisona, ACTH, ainda em fase de testes. Quando teve alta do hospital, no verão de 1951, ela estava tão fraca que não conseguia sequer subir escadas, e por isso se mudou com a mãe para Andalusia, uma fazenda de gado leiteiro situada a alguns quilômetros de Milledgeville. A Sra. O'Connor administrava a fazenda e sua filha, que começou a melhorar no outono, voltou a escrever em seu quarto térreo.

A editora Harcourt Brace aprovou a publicação de *Sangue Sábio* enquanto Flannery estava no hospital, e o livro saiu em 1952, despertando, por parte dos críticos, louvores e mal-entendidos, de um lado, e indignação (e mais mal-entendidos), de outro. A rotina diária da fazenda Andalusia estava estabelecida: Flannery escrevia pela manhã e depois ia com a mãe a Milledgeville para um almoço farto na Sanford House. Nas tardes e noites, se não tinham visitas, ela observava as aves da fazenda, lia ou pintava. As altas doses de ACTH enfraqueceram seus ossos e em pouco tempo os ossos dos quadris já não aguentavam o seu peso. No início, Flannery usava uma bengala, mas depois de 1955 precisou de muletas de alumínio com suporte para os braços.

A população de Milledgeville gostava de Flannery O'Connor e orgulhava-se dela, mas evitava ler os seus trabalhos pois escandalizava-se com o que havia neles. Ao menos no início, muitos moradores da cidade se ofendiam por crer que sua ficção zombasse dos batistas e metodistas — eles sentiam que, se ela quisesse caçoar da religião, que o fizesse com a sua própria, que tirasse sarro dela.

Flannery manteve uma extensa correspondência com um vasto número de pessoas, muitas das quais nunca chegou a conhecer. Qualquer um que escrevesse para ela recebia uma resposta. Algumas dessas cartas têm sido publicadas desde a sua morte, demonstrando que a autora fora uma interlocutora eloquente e, por vezes, extravagante. Seguindo a mesma intenção anti-intelectual que a fazia enviar cartões-postais do Uncle Remus a seus amigos, ela logo caía num idioma bastante informal: "não é que eu tinha esquecido", "intelectualoides", e assim por diante.

Embora não gostasse de viajar e as muletas dificultassem a sua movimentação, Flannery aceitava todos os convites para palestras que lhe faziam, pagassem pouco ou nada. Ela sempre lia as suas palestras, palavra por palavra, e hoje em dia, após a publicação de grande parte delas, está claro que eram compostas com cuidado, que diziam exatamente o que a autora queria dizer, nas palavras exatas que ela queria usar.

É difícil descrever a elegância especial de seu humor, sempre impassível. Talvez tenda ao humor irlandês, mas, se fosse assim, seria a sagacidade corrosiva de Stephen Dedalus e seu pai, e não o humor típico dos *paddys*.[4] Sentiu um prazer sarcástico ao ser fotografada, soturna e indiferente, na frente da casa deteriorada e sem pintura dos negros arrendatários da fazenda, e comentou o resultado: "O general Sherman acabou de passar por aqui".[5] No Uncle Remus Museum, nas proximidades de Eatonton, terra

---

4 *Paddy*: chama-se *paddy* o irlandês do palco, o tipo de personagem criado para reunir as características do típico irlandês com a intenção humorística. (N. T.)

5 William Tecumseh Sherman (1820–1891) foi um general do Exército americano que empreendeu, durante a guerra civil, a Marcha de Sherman para o Mar, também conhecida como a Campanha de Savannah, que se iniciou com a tomada de Atlanta por suas tropas em 15 de novembro e terminou com a tomada do porto de Savannah, em 21 de dezembro de 1864. As tropas do general Sherman ficaram conhecidas pela destruição que deixavam por onde passavam.

natal de Joel Chandler Harris,[6] ela disse: "Eis a única cabana de escravos com ar-condicionado dos Estados Unidos". E sobre a sua viagem a Lourdes: "As minhas muletas são as mais belas de toda a Europa". Certa vez, Flannery presenteou a mãe com um burro no Dia das Mães, justificando-se: "Para a minha mãe, que já tem tudo". Em outra ocasião, disse a um entrevistador que sempre lia *Um Homem Bom é Difícil de Encontrar* em suas leituras nas escolas, pois esse era o único conto que ela conseguia ler em voz alta "sem cair na gargalhada".

Uma série de homenagens e prêmios foram dedicados a Flannery ainda durante a sua vida. Em 1953, a autora recebeu a bolsa do Kenyon Review, renovada em 1954; um auxílio do National Institute of Arts and Letters, em 1957; e outro subsídio da Ford Foundation, em 1959. Seus contos ganharam três prêmios O. Henry: em 1957, 1963 e 1964. Em 1962, recebeu o título de doutora em letras do St. Mary's College e, em 1963, um título semelhante da Smith.

No início de 1964, enquanto trabalhava em seu terceiro romance ainda sem título (a coletânea de contos *Um Homem Bom é Difícil de Encontrar* foi publicada em 1955, e outro romance, *The Violent Bear it Away*, em 1960), Flannery precisou remover um tumor no abdome. Era um tumor benigno, mas o lúpus foi reativado e afetou os seus rins. Ela sabia que estava morrendo. Esperava apenas conseguir

---

[6] Joel Chandler Harris (1848–1908) foi um jornalista, ficcionista e folclorista famoso por sua coleção de histórias do Uncle Remus, personagem ficcional que representava a tradição folclórica negra do sul dos Estados Unidos.

terminar um número suficiente de contos para um novo livro. Por uma graça do destino, ela conseguiu. Faleceu em 3 de agosto de 1964. *Everything that Rises Must Converge* [*Tudo o que Se Eleva Deve Convergir*] foi lançado postumamente, em 1965. Logo após a publicação de *The Violent Bear it Away*, Flannery O'Connor escreveu à irmã beneditina Mariella Gable: "Pode levar cinquenta anos, cem anos, para que sejam compreendidos". Sua fama, nos Estados Unidos e no exterior, havia crescido nos últimos anos de sua vida, e aumentou ainda mais depois de seu falecimento. *Sangue Sábio* foi publicado na França (devido ao dialeto, uma proeza de tradução de Maurice Coindreau) e foi recebido como um romance essencialmente existencialista. Até o momento, o crescente aplauso ainda não veio acompanhado de nenhuma compreensão à altura de seus significados e propósitos, e esse é o objetivo que as páginas a seguir pretendem modestamente alcançar.

Sangue Sábio (1952), o primeiro romance de Flannery O'Connor, é um registro tragicômico do nascimento de um penitente em tempos hostis. O jovem protagonista, Hazel Motes, "Haze" (a neblina nos olhos, a poeira nos olhos, um raio nos olhos?),[7] perde a sua fé durante o tempo no Exército e torna-se um apóstolo do negativismo. Ele parte de Eastrod (a cruz do leste?),[8] Tennessee, rumo à cidade de Taulkinham, obviamente Atlanta, para pregar pela Igreja sem Cristo. Veste

---

7 "Haze", em inglês, quer dizer "névoa", "confusão", "atordoamento".

8 No original: "the rood in the East?" — o autor está decompondo o nome da cidade, Eastrod, para conjecturar sobre o seu significado.

um terno azul berrante de pregador e um chapéu preto imponente, mas o único sinal de seu poder é um misterioso "tire as mãos de mim", dito a um policial e a um caminhoneiro (o mesmo *Noli me tangere* do Cristo ressuscitado no evangelho de João?). Por causa da recusa de Hazel de juntar-se a um impostor religioso que diz chamar Onnie Jay Holy (mas na verdade chama-se Hoover Shoats), um homem é contratado para vestir-se como Haze e tomar o lugar dele, e Haze por fim mata o falso profeta, seu *doppelgänger*.

Outro antagonista é o rapaz chamado Enoque Emery, que trabalha como segurança no parque da cidade e tem seu próprio enigma religioso: em fases rituais estabelecidas, todos os dias ele tomava um milk-shake sacramental e fazia comentários insinuantes à garçonete, para então ir visitar os animais no zoológico e dizer frases obscenas sobre a aparência deles. Por fim, vai ao museu e presta as suas homenagens a uma múmia. Essas são as Estações da Cruz de Enoque, como podemos observar neste trecho: "Devemos cruzar esse caminho e descer a montanha. Passo a passo, devemos fazê-lo", diz Enoque a Haze, mas sem saber o porquê. No fim das contas, Enoque rouba a múmia, que ele vê como "o novo Jesus", e presenteia Haze, que a despedaça. Enoque também lê tirinhas de jornal "todas as noites, como um ofício". Ele encontra, enfim, a sua realização religiosa vestido em uma fantasia de gorila, roubada, mas é como apóstolo do "novo Jesus" mumificado que ele ocupa seu lugar na peregrinação de Haze.

Há ainda outro falso profeta, um falso cego chamado Asa Hawks que finge ter tirado a própria visão com soda cáustica para provar a sua crença na Redenção. Haze coloca Hawks no papel de Elias em sua nova fé, e espera dele uma "secreta recepção". Em vez disso, o que recebe é sua filha Sabbath Lily, garota simples, de quinze anos, que se muda para a cama de Haze, torna-se a Madonna do novo Jesus (segura a múmia nos braços e dirige-se a Hazel como seu "papai") e, por fim, transforma-se em um monstro sem coração, cujo apetite não tem fim. Assiste calmamente enquanto Haze fazia como o seu pai, cegando-se de fato com cal, e, então, com a mesma calma, o abandona.

Outra personagem importante no romance, muito além de uma propriedade ou um símbolo, é um velho e cinzento Essex, automóvel que Haze compra ao sair da casa de uma prostituta chamada Leora Watts. O Essex de Haze é o mistério de sua fé, é sua Mulher ("o senhor gostaria de dar uma olhada por baixo?", pergunta o vendedor), sua Ordenação (Haze prega a Igreja sem Jesus de seu capô, assim como viu o avô fazer durante a infância) e sua Redenção ("Quem tem um bom carro não precisa se explicar", diz Hazel a Sabbath Lily, no diálogo mais belo do livro). Haze mata o Falso Profeta atropelando-o com seu Essex, que numa espécie de rastro do Calvário deixa "pequenas gotas enfileiradas de óleo e gasolina na estrada"; e quando o policial manda o Essex parar no acostamento, por simples protocolo, e empurra o veículo barranco abaixo, não resta outro lugar para Haze que não o seu Calvário interior de cegueira, ascetismo e morte sacrificial nas mãos do outro policial.

As técnicas para unificar esse material espantoso e diversificado dependem expressamente do simbolismo. O principal símbolo que faz essa unificação (além da múmia e do Essex) é o "sangue sábio" do título. Enoque sabe das coisas "graças a seu sangue" pois, "como o pai, ele tem o sangue sábio". Ele acusa Haze: "Você pensa que sabe mais que os outros, que tem o sangue mais sábio". É claro que Haze *pensa* que tem o sangue sábio: o sangue de seu avô, a vocação hereditária, que através dele prega o Sangue de Cristo, derramado para a nossa redenção.

A "Igreja sem Cristo" de Haze não é apenas o corpo de uma doutrina, mas um símbolo importante. Eis alguns de seus mais chocantes pressupostos: "Não estou dizendo que ele não foi crucificado, mas que não por seu bem"; "Jesus é conversa fiada que se conta para crioulo"; "Não houve nenhuma Queda, pois nada havia para cair, nenhuma Redenção, pois não houve nenhuma Queda, e nenhum Julgamento, pois não aconteceram os dois primeiros. Nada importa, além de que Jesus era um mentiroso"; "Acredito em um novo Jesus [...] um que não desperdice o próprio sangue para redimir as pessoas, pois ele é todo homem e não carrega nenhum Deus"; "Prego a Igreja sem Cristo, a Igreja pacífica e suficiente!". Tudo isso é bastante engraçado: uma afiada ironia em relação ao racionalismo leigo. Por outro lado, porém, é profundamente sério — uma acusação à presunção da Igreja secular atual. Isso fica bastante claro em um comentário malicioso na conversa entre Haze e sua senhoria sobre a

Igreja sem Cristo: "'Protestante?', ela perguntou, suspeitosamente, 'ou alguma igreja estrangeira?'. Ele disse que não, que era protestante".

Duas principais vertentes do simbolismo oculto afirmam o que Haze nega. Uma delas são as interjeições, que os personagens usam inconscientemente. "Bom Jesus", diz Enoque. "Meu Jesus", murmura Haze, ou então "Bom Jesus Cristo Crucificado". A explicação de Sabbath Lily no momento em que abandona Haze apresenta o mais profundo significado do livro, em um brilhante jogo de palavras: "Dissera que jamais tivera a intenção de viver com um cego honesto com Jesus". O outro está nas pedras espalhadas pelas paisagens. Quando tinha dez anos, a culpa por ter visto uma mulher nua na barraca de um parque de diversões e ter imaginado a própria mãe no lugar dela fez Haze punir-se colocando "cascalho e pedras" dentro de seus sapatos para uma longa caminhada. Na estrada, dirigindo o seu Essex, avista uma grande pedra na qual está escrito, como um chamado para o arrependimento: "Jesus salva". Depois, lemos que "a fisionomia de Hazel Motes parecia esculpida em pedra", tão indiferente a Enoque, e no fim da mesma cena Hazel atira uma pedra no rosto de Enoque. A mochila de campanha de Hazel guarda uma Bíblia que "jazia como uma pedra no fundo da mochila durante os últimos anos". Cego e sofrendo na carne o seu fim, forra os sapatos com "pedrinhas, cacos de vidro e cascalho". Por fim, Hazel reconhece essas pedras, rochas e pedregulhos: são símbolos da Pedra, a Igreja de Pedro.

Como esse simbolismo oculto sugere, o desenvolvimento da ação é astuciosamente prenunciado. Um dos indícios disso é a negação total da negação de Haze de sua vocação (negando a negação, uma afirmação). Hawks diz: "Posso sentir a ânsia por Jesus em sua voz", e também: "Algum pregador deixou marcas em você"; em retrospectiva, Sabbath Lily também lhe diz: "Vi que você nunca iria se divertir, e nem deixar ninguém mais se divertir, pois você não queria nada além de Jesus".

A cegueira de Haze é prenunciada com ainda mais habilidade nas imagens anteriores, começando por seu próprio nome, "Hazel Motes", que abre o romance. Haze rejeita Hawks como um "cego estúpido", e de maneira retórica pergunta ao público de sua primeira pregação: "Acaso não tenho olhos em meu rosto? Sou um cego, por acaso?". Enoque vê o reflexo dos olhos de Haze na caixa de vidro da múmia como "dois buracos de bala cicatrizados". Sabbath Lily diz a seu pai por que gosta dos olhos de Haze: "Eles não parecem enxergar o que veem, parecem continuar procurando". Quando Haze dirige para fora da cidade com Sabbath Lily, no céu há "apenas uma nuvem, enorme, de um branco ofuscante, com cabelos cacheados e barba" (talvez propositadamente lembrando Deus Pai). Haze diz a Sabbath que seu Essex é tão superior pois "foi construído por gente de olhos abertos e que sabiam onde estavam", e, seguindo esse comentário, a Primeira Pessoa de Deus transforma-se na Terceira, o Espírito Santo: "A nuvem branca ofuscante havia se transformado num pássaro de asas longas e estreitas e desaparecia no sendido oposto".

Depois que Haze cega a si mesmo, sua senhoria pensa consigo: "Por que ele destruiria os próprios olhos e pouparia a si mesmo se não tivesse um plano, a menos que tivesse visto algo que o impedisse de cegar-se para todo o resto?". No fim do livro, a senhoria reconhece que precisa de Haze: "Se ela ficasse cega ao morrer, quem a guiaria melhor senão um homem cego? Quem melhor para guiar um cego que outro cego, que sabia o que era aquilo?". Quando ela o encontra, ele fora abatido pela polícia. A senhoria olha-o nos olhos "e as profundas cavidades queimadas pareciam conduzir rumo ao túnel escuro onde ele havia desaparecido". Enquanto o encarava, com os olhos fechados ela podia vê-lo "afastar-se cada vez mais longe, cada vez mais longe para a escuridão, até que era ele mesmo o ponto de luz" (esse único ponto de luz fora anteriormente identificado como a estrela de Belém). Haze avançava "de volta a Belém", nas palavras dela, e finalmente chegara ali.

A organização de *Sangue Sábio* é uma rede intrincada de imagens, símbolos e sinais. O enredo do romance é muito menos complexo, e Enoque simplesmente foge do livro vestido de gorila. Da mesma maneira, a linguagem demonstra que Flannery ainda não havia alcançado total controle sobre o seu material. Algumas escolhas demonstram o estilo bruto e simples de suas obras seguintes, mas outras são tão extravagantes e elaboradas que acabam por distrair e são, por isso, ineficazes. Em certo momento, por exemplo, o rosto de Haze parece "uma daquelas portas de armário de filmes de gângsteres, atrás da qual sempre há alguém amarrado em uma cadeira, com uma toalha na boca".

Talvez o que mais impressiona em *Sangue Sábio*, em comparação à sua ficção posterior, seja a sexualidade que tudo permeia. Enoque pede a Jesus que o ajude a fugir da mulher que o adotara, e a resposta de Jesus à oração foi usar o sexo como agressão: "Entrei no quarto dela sem as calças, levantei o lençol sobre sua cabeça e provoquei um ataque cardíaco". Os animais do zoológico que Enoque costumava observar como estação de sua cruz representam o sexo como vergonha: "Se eu tivesse um traseiro desses", Enoque afirma, imitando o macaco, "ficaria sentado sobre ele. Jamais o exibiria a todas essas pessoas que vêm ao parque". Um dos acontecimentos que fizeram Haze seduzir Sabbath Lily revela o sexo de maneira cômica: certa noite, Leora Watts levanta-se enquanto ele dorme e corta "o topo de seu chapéu em um formato obsceno". A relação de Haze com o sexo ao longo do romance é sempre torta: uma mãe imoral, um filho corrompido, um velho Essex.[9]

Sangue Sábio foi um romance incompreendido. A confusão a seu respeito aprofundou-se ainda mais em 1957, quando a autora imprimiu a primeira declaração pública de suas intenções, o ensaio "The Fiction Writer And His Country" "O Autor de Ficção e Seu País", no simpósio The Living Novel, em Granville Hicks. Nele, Flannery

---

[9] O autor sugere um jogo de palavras entre "Essex", o nome do carro de Haze, e "sex", sexo.

escreve: "Pois não sou uma descrente no propósito espiritual, e não sou uma crente distraída. Enxergo a partir do ponto de vista da ortodoxia cristã. Isso significa que, para mim, o sentido da vida está centrado em nossa Redenção por Cristo, e tudo o que vejo no mundo, vejo a partir disto". As intenções dela foram esclarecidas mais especificamente na pequena nota da autora à segunda edição de *Sangue Sábio*, em 1962, em que ela descreve seu trabalho como "um romance cômico sobre um cristão *malgré lui*, e, portanto, muito sério".

O problema é que os temas cristãos do romance são expostos paradoxalmente, e até mesmo negativamente, durante o caminho de Haze para Belém. Um deles é o Pecado Original. No Exército, Haze quer abandonar a sua fé porque quer esquecer o conhecimento de sua natureza decaída, "converter-se ao nada em vez de entregar-se ao mal". Ele diz a Hawks: "Se eu estivesse em pecado, estaria antes mesmo de ter cometido algum pecado", e diz a uma garçonete que "se Jesus existisse, eu não seria limpo". Outro tema importante é a Afirmação da Blasfêmia. Haze fala a seu público na calçada: "O único caminho para a verdade é através da blasfêmia", e reafirma essa doutrina em confronto com o princípio de Onnie Jay Holy: "Se quer ir a algum lugar com a sua religião, deve ir com calma". Depois, Haze diz a um garoto no posto de gasolina: "Havia poucos dias ele acreditava na blasfêmia como caminho para a salvação, mas nem sequer é possível acreditar nisso, pois assim você terá de crer em algo para blasfemar".

Um terceiro tema cristão em *Sangue Sábio* é a vocação. Depois de vê-lo cego, a senhoria de Haze diz que "ele bem que poderia ser um desses monges... bem que poderia estar em um mosteiro". Haze joga fora suas economias todo mês, coloca pedras em seus sapatos e, quando a senhoria lhe pergunta por que, ele responde, "para pagar", mas não diz a ela *o que* está pagando, e parece improvável que saiba. Ao descobrir que ele usava arame farpado em volta do peito, diz-lhe que "as pessoas já pararam de fazer isso". Ao que Haze responde: "As pessoas ainda não pararam de fazer isso enquanto *eu* estiver fazendo". Está claro que ele instaurou uma espécie de ordem monástica privada, ascética e penitencial, e que passa a testemunhar silenciosamente a verdade que anteriormente pregara de maneira negativa. E será martirizado por ela. Para Flannery O'Connor, se não houver uma instituição que canalize a sua violência, seu chamado o conduzirá apenas à destruição.

Entre os dez contos de *Um Homem Bom é Difícil de Encontrar*, livro de 1955, os três melhores são, na minha opinião, "O Negro Artificial", "Gente Boa da Roça" e "O Refugiado de Guerra". "O Negro Artificial" era o favorito de Flannery, e muitos reivindicam que seja considerado o seu melhor. Conta a história de dois moradores do interior da Geórgia, um senhor chamado Sr. Head e seu neto, Nelson, que vão juntos à cidade grande para a primeira visita de Nelson. O conflito da história é o estranhamento e reconciliação de ambos, mas isso se dá de maneira tão profunda como a dos

Conroy no conto "Os Mortos", de James Joyce. Nelson nunca havia visto um negro antes, e os acontecimentos preliminares do conto são encontros com negros — inicialmente, um negro enorme no trem, vestindo uma gravata amarela de cetim com alfinete de rubi, depois uma negra corpulenta que conheceram na rua, que Nelson inexplicavelmente desejou que o segurasse no colo e o acalentasse.

O ponto de virada da história acontece quando Nelson corre na direção de uma senhora branca na rua, derrubando-a e espalhando as suas compras. Sr. Head entra em pânico e reafirma a negação de Pedro: "'Não é meu filho não', ele diz, 'Eu nunca vi esse garoto na vida'". O ódio e o desprezo de Nelson, e a culpa e a vergonha de Sr. Head, são maravilhosamente cômicos e tocantes, profundamente verdadeiros e belos. A reconciliação começa quando eles veem, sobre um gramado, uma escultura gasta de gesso de um negro comendo melancia. Juntos, ambos exclamam: "Um negro artificial!". Tal comunhão os transforma magicamente, e eles trocam de identidade: "Sr. Head parecia uma criança antiga, e Nelson parecia a miniatura de um senhor". O negro artificial é a graça divina: "Os dois podiam sentir dissolverem as suas diferenças como um ato de misericórdia". Sr. Head tem um momento de verdadeiro arrependimento e caridade; ele e o garoto unem-se no amor, e a história chega ao fim.

A protagonista de "Gente Boa da Roça" é a mais cruel caricatura que a autora faz de si mesma: a corpulenta Joy

Hopewell tem 32 anos e é doutora em filosofia. Tem uma perna artificial devido a um acidente de caça, mudou o seu nome legalmente para Hulga, veste uma camiseta amarela desbotada com a estampa de um caubói em seu cavalo e é ateia. Quando um jovem do campo, de aparência simples, se aproxima vendendo Bíblias, tenta seduzi-lo e passa um pouco de desodorante na gola da camisa branca alinhada, "já que não tinha nenhum perfume".

O vendedor de Bíblias parece ser outro Hazel Motes, vestindo o mesmo terno azul e um chapéu de abas largas e dizendo: "Sou apenas um rapaz da roça". Entretanto, mostra-se um falso profeta: quando o casal fica a sós na parte de cima do celeiro, o garoto revela que a Bíblia é oca e leva uma pequena garrafa de uísque, um jogo de cartas obsceno e um pacote de preservativos. "Você não é tão esperta", diz a Hulga, enquanto desaparece no alçapão do sótão levando a perna mecânica da menina, "Desde que nasci, eu não acredito em nada!". Eis a revelação de um falso cristão, mas também eis a revelação de uma falsa ateísta — seu orgulho intelectual e superioridade demonstram não passar de ignorância e culpa. Infelizmente, o conto não se encerra onde deveria, com a simbólica defloração contida no roubo da perna e na repreensão do vendedor de Bíblias, mas continua ainda com outros dois parágrafos supérfluos, repletos de ironia.

"O Refugiado de Guerra" é o mais longo e ambicioso conto do livro. Nele, um refugiado polonês católico, Sr. Guizac, chega para trabalhar para a Sra. McIntyre, viúva protestante que administra uma fazenda de gado leiteiro. Ele é o refugiado, mas ao longo do complexo enredo Sr. Shortley, funcionário nativo da fazenda, torna-se o refugiado ao ser despedido por Sra. McIntyre; Sra. Shortley torna-se refugiada quando tem um derrame fatal durante a sua partida; Sr. Guizac torna-se mais uma vez refugiado quando Sra. Shortley, recontratado, por um descuido permite que um trator passe sobre as suas costas; e no fim da história a própria Sra. McIntyre torna-se a refugiada — falida, acamada e solitária.

Entretanto, nenhum desses trágicos eventos constitui a ação principal do enredo. A figura central é um pavão, que aparece logo na primeira sentença, seguindo Sra. Shortley até a estrada, e sai de cena somente no final, quando o padre o alimenta com migalhas durante a sua visita semanal à Sra. McIntyre, para instruí-la na doutrina de sua Igreja. O pavão é um símbolo tradicional da divindade e ressurreição de Cristo, e na história ele funciona como um tipo de teste espiritual: Sra. Shortley nunca lhe dá atenção; Sra. McIntyre o vê como "só mais uma boca para alimentar"; seu último marido, juiz recém-falecido, havia adquirido os pavões apenas porque "faziam-no sentir-se rico"; o padre ficava maravilhado com a beleza da ave e dizia, quando via a cauda aberta: "Cristo virá belo assim!".

Enquanto o pavão simboliza a natureza divina de Cristo, o refugiado simboliza a Sua natureza humana. No diálogo-chave do conto a Sra. McIntyre diz, sobre o Sr.

Guizac, "Ele não precisava ter vindo, inicialmente", e o distraído padre, confundindo a sua referência, responde: "Ele veio para nos redimir". Depois, incomodada com toda a conversa sobre religião, a Sra. McIntyre comenta, indignada: "Até onde sei, Cristo era só mais um refugiado". Porém Sr. Guizac faz mais do que encarnar Cristo ao deslocar-se, sofrer e ser assassinado. "Esse homem é a minha salvação", dissera a Sra. McIntyre, em louvor ao esforço do Sr. Guizac, e essa afirmação contém o duplo sentido comum da obra de Flannery. "Não sou responsável pelas misérias do mundo", diz a Sra. McIntyre ao Sr. Guizac. Mas a morte deste, pela qual todos são igualmente culpados, é redentora para ela à medida que derruba o seu orgulho e a prepara para aceitar o fardo do sofrimento humano.

Os outros contos do livro são menos impressionantes. A história que dá título ao livro, *Um Homem Bom é Difícil de Encontrar*, é um melodrama sobre uma família assassinada por um criminoso foragido, o Desajustado — e, em alguns momentos, é cruelmente divertida. "O Rio" é sobre um garoto que passa por um batismo ao afogar-se. Como em *Sangue Sábio*, contém o uso expressivo da profanação: "Então, pelo amor de Deus, arrume ele melhor", diz o pai de Harry à mulher que toma conta dele, que faz exatamente isso; "Mas me cure de quê, pelo amor de Deus?", pergunta a mãe de Harry, inconsciente de que a resposta está em sua própria pergunta. A história é um pouco forçada, e a vida profana e vazia dos pais é uma farsa que não convence. "A Vida que Você Salva Pode Ser a

Sua" é como um trecho de *Tobacco Road*,[10] redimido pela idolatria por automóveis do Sr. Shiftlet (o carro representa para ele o casamento ideal, assim como para Hazel Motes, e seu destino é, significativamente, "móvel") e por um excelente desfecho cômico.

"Um Golpe de Sorte" é a história menos expressiva do livro, um panfleto apático contra a condescendência e a contracepção. "Um Templo do Espírito Santo" é um retrato da autora como uma sarcástica garota de doze anos, católica romana entre os humildes que identifica os cantos latinos como "cantos dos judeus". "Um Círculo no Fogo" não leva o terror a cabo, mas tem um momento de magnífica empatia quando a menina vê os garotos nus banhando-se na floresta e pensa não na aparência deles, mas no que veem: "As árvores deviam parecer cascatas verdes através de seus óculos molhados". Falta essa empatia ao final, quando a garota observa o rosto da mãe e o vê como se pudesse "pertencer a qualquer um, fosse um negro, um europeu ou até mesmo o próprio Powell". A Sra. Cope tornou-se uma refugiada, como a Sra. McIntyre, mas nunca nos é revelado o seu interior, como acontece com o menino Powell. O conto que falta, "Um Último Encontro com o Inimigo", é nitidamente sarcástico, tanto em relação às belezas de Hollywood quanto ao culto da Confederação Sulista, mas soa incoerente apenas em seu quadro final,

---

[10] Romance de E. Caldwell, que foi adaptado para a Broadway (recebido com grande impacto) e também para o cinema, dirigido por John Ford.

com o cadáver do velho general sentado na fila, em frente à máquina de Coca-Cola.

O segundo romance de Flannery O'Connor, *The Violent Bear it Away* (1960), é a sua obra-prima, que narra a terrível iniciação de um profeta relutante. O protagonista é o jovem Francis Marion Tarwater (cujo nome é tão simbólico quanto o de Hazel Motes: Francis Marion é o "raposa do pântano", da Guerra da Independência americana, e tarwater — a água de alcatrão — é um remédio popular já desacreditado). Ele é identificado pelo mote escolhido pela autora, *Noli me tangere*, logo no início do livro. Quando o velho negro Buford Munson encontra o jovem Tarwater, bêbado, e seu tio-avô, Mason Tarwater, morto, ele diz: "Ele estava na profunda miséria de Jesus"; ao que o jovem Tarwater responde: "Negro... tire as mãos de mim". Mason Tarwater, o tio-avô, era um profeta lunático que ganhava a vida destilando uísque contrabandeado e criava "garnizés inúteis" — assim como o juiz criava inúteis pavões. Seu antagonista profano, George F. Rayber (estuprador?),[11] tio do jovem e sobrinho do velho Tarwater, é uma figura ambígua. É satânico, assumindo "como o diabo" qualquer aparência que lhe convenha, mas é um monge de Satã, controlando a maldição da família de loucura e violência ("ele era a matéria da qual são feitos os fanáticos e os loucos") por meio de uma "disciplina rígida e ascética" de racionalidade e bons serviços. Sua busca

---

[11] Aqui, o autor sugere a semelhança entre *Rayber*, sobrenome da personagem, e *raper*, estuprador.

alucinada, correndo descalço pelas ruas da cidade atrás do jovem Tarwater, é uma peregrinação penitencial. Mais que Tarwater, Rayber parece um "pregador caipira fanático", e o jovem Tarwater afirma, com percepção (grifo meu): "Foi em *você* que a semente caiu".

O filho mongoloide de Rayber, Bishop, é menos uma personagem que um sacramento: o jovem Tarwater foi requisitado por seu tio-avô a iniciar seu ministério batizando Bishop, e, quando ele tem a oportunidade de realizá-lo, o faz com tanta força que afoga o menino. Outra importante personagem do romance é Satã, aparecendo inicialmente como uma voz cética na mente embriagada do jovem Tarwater, depois como a visão de um amistoso estrangeiro vestindo um chapéu-panamá. Em seguida, volta como uma voz para conduzir o afogamento de Bishop; e no fim do romance aparece em carne e osso para drogar e violar o jovem Tarwater no estágio final de iniciação à ensandecida profecia.

The Violent..., assim como *Sangue Sábio*, é unificado pelo simbolismo, e o principal símbolo unificador é o fogo. Demônios "vêm do Senhor e queimam os profetas puros", disse o velho Tarwater ao menino; "mesmo a misericórdia do Senhor queima". O jovem Tarwater imagina seu retorno à cidade após receber um chamado profético, quando então "retornaria com fogo nos olhos". O velho Tarwater certa vez escreveu um aviso a Rayber: "O profeta que fiz nascer nesse garoto vai queimar os seus olhos puros". Depois da morte do velho, Tarwater queima a choça em que moravam, com a intenção de cremar o cadáver, a despeito do desejo do velho Tarwater, que queria ser enterrado para aguardar a Ressurreição. No caminho para a cidade, o jovem Tarwater toma o brilho de suas luzes como o fogo que ele colocou (um prenúncio de seu posterior retorno como profeta). Seus olhos aparecem para Rayber como "chamuscados de culpa" (eles prenunciam sua loucura, assim como os olhos de Haze prenunciam a sua cegueira). Uma jovem evangelista provoca Rayber chamando-o de alma maldita e diz: "A palavra de Deus é uma palavra em chamas para purificá-lo!". O jovem Tarwater queima-se em purificação — num sentido profano — depois da violação, ao queimar a mata onde tudo aconteceu, mas também fora queimado em relação a seu tio-avô: seus "olhos chamuscados" agora parecem "como se, tocados por um carvão como os lábios do profeta, eles nunca mais fossem usados para visões comuns novamente". Ele então ateia fogo em sua própria mata, vê o incêndio que ele mesmo provocou como sinal esperado sobre o túmulo de seu tio, "o arbusto em chamas", e escuta o comando de Deus: "Avise aos filhos de Deus sobre a velocidade implacável da misericórdia". Coloca seus "olhos chamuscados" na última sentença do livro, "direcionados para a cidade escura, onde os filhos de Deus permanecem em sono profundo". Ele é, enfim, um profeta, e um louco.

Um segundo símbolo importante, equilibrando julgamento e misericórdia, é o alimento espiritual. Quando o velho Tarwater entra em seu caixão para experimentar o tamanho, o menino "não vê nada além de sua barriga, aparecendo do lado de fora como um pão que cresceu demais". O pão simbolizado pela barriga do velho senhor é "o pão da vida", Jesus, e o jovem Tarwater determina que "não está faminto do pão da vida". Porém, quando Rayber, procurando o menino pela cidade, encontra-o encarando obsessivamente um pão através da janela de uma padaria, pensa, não sem razão, que "se ele tivesse comido o jantar, não estaria faminto". O jovem Tarwater diz a um caminhoneiro, durante uma carona, que ele está faminto de comida mesmo, "não tenho fome do pão da vida". Em seguida, toma a bebida drogada de um estranho e afirma: "É melhor que o Pão da Vida!". Parado em frente ao túmulo de seu tio, o menino tem uma visão de Mason Tarwater nas margens do lago da Galileia, comendo os pães e peixes multiplicados, e ele está "consciente ao menos do objeto de sua fome, consciente de que se tratava da mesma fome do velho e que nada mais na terra iria preenchê-lo" (assim como a barriga do velho é o pão, seus olhos são os peixes: "olhos protuberantes que mais pareciam dois peixes esforçando-se para escapar de uma rede de fios vermelhos"; "olhos loucos cor de peixe").

Outro símbolo importante em *The Violent Bear it Away* é Bishop, o santo idiota. O brinquedo favorito de Bishop é um cesto de lixo com uma pedra dentro. Ele sabia fazer sanduíches de pasta de amendoim, "embora às vezes colocasse o pão no meio". Em certo momento Rayber percebe que o jovem Tarwater está olhando para Bishop mas vê "apenas um ponto de luz". Todos esses são símbolos que já notamos anteriormente: a pedra de Pedro, o pão vivo, a estrela de Belém. A mulher que administra o local onde ocorre o batismo fatal torna explícita a natureza sacramental de Bishop. Quando Tarwater afugenta Bishop ao tocá-lo, ela repreende Tarwater, "Preste atenção em como fala com uma pessoa dessas", e olha para ele com fúria, "como se ele tivesse profanado o sagrado".

A estrutura de prenúncio é mais econômica do que em *Sangue Sábio*, porém não menos eficaz. O velho Tarwater alertara seu sobrinho-neto a respeito dos perigos que rondavam os profetas: "Você é um tipo de menino", disse o velho, "que o diabo estará sempre disposto a ajudar, a oferecer um cigarro, uma bebida, uma carona... e perguntar sobre os negócios. Você precisa prestar atenção ao falar com estranhos". Um vendedor anuncia a Tarwater: "Ele não veio com boas intenções". Rayber leva Tarwater de volta ao Tennessee porque "não via nenhuma maneira de curá-lo, exceto talvez por meio de um bom choque". Tudo o que se desenrola fora professado: o demônio dá uma carona a Tarwater, o choque cura e a cura não traz bons resultados — ao menos aos olhos do mundo. Diferentemente de *Sangue Sábio*, a estrutura narrativa de *The Violent* é perfeitamente formatada; não há fios soltos, como Enoque Emery. Eis o seu magnífico início: "O tio de Francis Marion Tarwater estava morto havia apenas meio dia e o garoto já estava bêbado demais para conseguir terminar de cavar o túmulo quando um negro chamado Buford Munson, que viera para encher um jarro, teve de terminar o serviço e arrastar o corpo da mesa do café, onde ele ainda estava sentado, e enterrá-lo de maneira decente e cristã com o símbolo do Salvador na cabeceira da cova e terra suficiente por cima, para impedir que os cães escavassem". O romance revela o que, inexoravelmente, decorreu desse primeiro parágrafo, desde a primeira embriaguez até a embriaguez final, drogada, e a última transformação. Mesmo o estupro sodômico, não muito apreciado pelos críticos, tem a sua razão de ser e é inevitável: é, ao mesmo tempo, a última violação de um ungido intocável do Senhor, uma explicação naturalista para a possessão espiritual do xamã e uma metáfora chocante para a medida do propósito divino (Yeats usa o estupro de maneira semelhante em seu poema "Leda e o Cisne").

A linguagem do livro é concisa e eficiente. As instruções do velho Tarwater sobre seu enterro soam como Twain — "pega duas tábuas, coloque sobre os degraus e vá rolando, cavando onde eu parar, mas não me deixe cair dentro da vala até que seja funda o suficiente". As metáforas, imaginativas, são em sua maioria econômicas e funcionais, por exemplo: "As palavras eram silenciosas como sementes, abrindo uma a uma em seu sangue". Mesmo as mais exageradas, como os olhos de Rayber parecendo "algo humano preso em uma caixa de força", parecem justificadas.

Há, por fim, o significado do livro. A principal pista está na epígrafe Mateus 11,12, impressa em letras garrafais na folha de rosto: "E, desde os dias de João Baptista até agora, o reino dos céus adquire-se à força, e os violentos o arrebatam". Isso tem sido amplamente mal interpretado. A Versão Autorizada da Bíblia traduz o último trecho como "e os violentos tomam-no à força", e a New English Bible como "e os violentos estão no controle". Seu significado claro é que os violentos são inimigos do reino, tomando-os dos justos, como um sinal da vinda iminente do Messias, o Cristo. Nesse sentido, os Tarwater são fanáticos, levando o reino de seus inimigos moderados, e Rayber é outro igualmente fanático, pregando a salvação profana. Rayber vê a si mesmo "dividido em dois — um eu violento e outro racional". A violência e a loucura são a maldição que corre no sangue da família, mas Rayber consegue controlá-los. O efeito dos acontecimentos do romance sobre o jovem Tarwater é a extirpação do eu racional, toda a sua razão é queimada e lhe sobram apenas loucura e violência.

Nesse sentido, o jovem Tarwater é uma alegoria da Igreja, que deve perder todo o mundo para salvá-lo. Se *Sangue Sábio* é um romance sobre vocação, entre outros mistérios, *The Violent* é totalmente centrado na vocação e no estágio essencial de negação da vocação pelo qual passa o profeta (da súplica de Moisés por seu defeito de fala à fuga de Jonas). Quando o velho Tarwater diz que, se ele morresse sem batizar Bishop, o batismo de Bishop seria "a primeira missão do Senhor para você", e "o garoto duvidou muito que sua primeira missão seria batizar uma criança abobada". Quando seu tio-avô fala sobre a liberdade, o jovem

Tarwater sente "um ressentimento lento e gradual de que essa liberdade deveria estar conectada com Jesus, e que Jesus tinha de ser o Senhor".

A analogia com os profetas bíblicos é retomada mais uma vez: "O velho comparou a situação deles com a situação de Elias e Eliseu"; perseguido por Rayber o velho é, simultaneamente, "Jonas, Ezequiel e Daniel, ele era todos eles naquele momento — o engolido, o rebaixado e o encerrado"; ao chegar à casa de Rayber, o jovem Tarwater transforma-se da mesma maneira: "Sentiu todo o seu corpo oco, como se tivesse sido levantado pelos cabelos, como Habacuque, carregado através da noite e colocado no lugar exato de sua missão". Quando o jovem Tarwater compreende a sua missão em relação a Bishop, "Ele não olhou nos olhos de nenhuma fera ou viu nenhum arbusto em chamas. Ele apenas sabia, com uma certeza mergulhada em desespero, que esperavam que ele batizasse a criança que viu e iniciasse a vida para a qual seu tio-avô o havia preparado".

Na imagem mais contundente do livro, retomada depois do afogamento de Bishop, o jovem Tarwater imagina a si mesmo "arrastando-se ao longe na sombra fétida, absurda e sangrenta de Jesus". Incansavelmente, o garoto repete a Rayber que seu tio-avô "não tem nenhuma influência sobre mim". A voz do estranho assegura ao jovem Tarwater que ele não fora chamado ou recebera nenhum sinal, que tudo aquilo que sentia eram sensações, diferentemente dos três dias de Jonas dentro da baleia. "Aquilo foi um sinal; não uma sensação". "O Senhor fala com os seus profetas pessoalmente", continua o estranho, "e Ele nunca falou com você". Porém, lentamente, incansavelmente, através da negação e do fogo, do assassinato e da violação, Tarwater ouve o seu chamado e o responde, e, em sua loucura, pregará a verdade. O homem é receptáculo e instrumento da Divina Providência, e a Divina Providência não é responsável pela razão humana.

Em *Everything that Rises Must Converge* (1965), a melhor história, na minha opinião — e a mais diferente de tudo o que Flannery, ou qualquer outro escritor, havia escrito antes —, é "As Costas de Parker", o último conto que a autora escreveu antes de morrer. Conta a história de um jovem chamado O. E. Parker, cuja principal característica é ter o corpo coberto de tatuagens. Acreditando em uma espécie de acordo com a piedade fundamentalista da esposa, Parker tatua um mosaico bizantino com uma imagem de Cristo de ar severo e olhar exigente em toda a extensão de suas costas. Assim ele passa a ser, literalmente, *christophoros*, veículo de Cristo, "testemunhando por Jesus" em sua pele. Sob essas novas cores Parker transforma-se e renasce, retomando os nomes dos profetas do Velho Testamento, Obadiah Elihue, que ele sempre escondera atrás de suas iniciais, e sofrendo seu martírio como uma marionete enquanto permite passivamente que a esposa puna a sua "idolatria", golpeando-o com uma vassoura enquanto "grandes vergões se formavam na face do Cristo tatuado". A história é ao mesmo tempo hilária e profundamente comovente, e a metáfora da tatuagem — sangrenta, dolorosa e indelével; extravagante, fora de moda e ridícula — como sinal da Redenção é misteriosa e precisa, uma ideia verdadeiramente metafísica.

História longa e ambiciosa, "Os Aleijados Entrarão Primeiro" impressiona de uma maneira mais familiar. É outra configuração do trio Rayber, Bishop e jovem Tarwater (na verdade, de acordo com a introdução de Robert Fitzgerald para *Everything that Rises*, o livro tem material cortado de *The Violent*). Superficialmente, a história passa por sociologia barata: um viúvo bem-intencionado mas sem imaginação, Sheppard, negligencia seu filho, Norton, principalmente porque um garoto mais velho, Rufus Johnson, aleijado e delinquente, parece precisar mais de ajuda. A consequência é o suicídio de Norton. Em um nível mais profundo, Rufus não é um pobre menino sem condições, mas um garoto mau, demoníaco, uma espécie de Satã; e Sheppard paga um alto preço por ignorar a realidade (esta é a leitura de Fitzgerald na introdução, baseada no momento do conto em que Sheppard "viu o Diabo perspicaz, o sondador dos corações, olhando-o de soslaio pelos olhos de Johnson"). Essa, entretanto, é a interpretação de Sheppard, e não da autora. A leitura de Flannery O'Connor, creio, está mais relacionada com o seu radical dualismo cristão, ainda mais desafiador: não é Rufus e sim *Sheppard* o personagem demoníaco, assumindo as prerrogativas de Deus em Sua suposta ausência. Rufus seria a verdadeira voz profética do Juízo, dizendo a Sheppard: "Ele pensa que é Jesus Cristo!", e desafiando-o, "Satã o tem em seu poder" (esta é a leitura da irmã Rose Alice, em "Flannery O'Connor: Poet to the Outcast", em que ela parafraseia a história como "A derrota do mal requintado pelo bem repulsivo").

O terceiro trunfo do livro é "O Calafrio Constante", um conto hilário, ainda que sério, sobre um jovem pretensioso cujo dramático retorno ao lar, para morrer, acaba muito mal. A história reduz seus alvos com total crueldade: a Igreja é maliciosamente satirizada na figura de um velho padre distraído e irascível, cego de um olho e surdo de um ouvido; e o mesmo se dá em relação à "experiência de comunhão" profana de integração racial. Os símbolos são magistrais. Quando Asbury, o romântico inválido, vira a cabeça, irritado com a conversa de sua mãe acerca do rebanho leiteiro, ele se depara com "uma vaquinha de olhos esbranquiçados... como se percebesse a existência de algum vínculo entre eles". Quando ele se levanta e vai para o quarto, há uma mancha de água no teto que parece "uma ave feroz com as asas abertas", com "um sincelo cruzando o bico". No cômico desfecho, o vínculo entre Asbury e a vaquinha de olhos esbranquiçados é a descoberta, pelo médico local que Asbury dispensa, de que sua doença supostamente fatal é apenas brucelose, contraída por tomar leite não pasteurizado. Ao final apocalíptico que segue a comédia, a ave no teto é revelada como Espírito Santo, "blasonado em gelo, e não em fogo", e, implacavelmente, sua misericórdia terrivelmente veloz desce sobre ele.

As outras histórias são menos impactantes ou têm certas falhas. O conto que dá título ao livro, "Tudo o que

Se Eleva Deve Convergir", tem um bom final, com a entrada de Julian "no mundo de pesar e culpa", quando a sua mãe tem um derrame acidental, causado por uma negra que investiu contra ela e acertou-lhe o rosto com a bolsa. Isso está previsto já na primeira sentença do conto, mas os personagens — a caricatura de uma mãe segregacionista e de um filho integracionista — não estão adequados à ação bem estruturada. "Greenleaf" observa de outra perspectiva a viúva administradora de fazenda. Aqui, ela é a Sra. May, "uma boa cristã que tem grande respeito por sua religião, embora, é claro, não acredita que nada daquilo é verdade". Sua punição passa por um tipo de mistério freudiano-dionisíaco em que um touro, "como um deus paciente, a corteja", sangrando-a até a morte "como um amante selvagem e atormentado". Infelizmente os dois mundos da história, o do êxtase báquico e da sátira regional, não coexistem harmoniosamente. "Uma Vista da Mata" é uma história cômica sobre o conflito entre um avô e sua neta de nove anos que é parecidíssima com ele, que vai bem até certo ponto e depois se desdobra na desnecessária morte do drama jacobino. O melodramático "Os Confortos do Lar" ilustra a trindade pai-filho-intruso, familiar a Flannery, e é a única história do livro que, na minha opinião, é um equívoco desde o início. "Revelação" é um cômico apocalipse para os descrentes que se estende demais. "O Dia do Juízo Final" é a reescrita, logo antes do falecimento de Flannery, de um antigo conto escrito em 1946, no Iowa, e por isso é a única história do livro que se passa fora da Geórgia. É um relato mágico e convincente da morte e da ressurreição simbólica de um senhor da Geórgia em Nova York que se encontra com a noção da autora acerca de sua própria morte que se aproxima. Apenas os personagens negros (talvez parte do material antigo) soam verossímeis.

Em toda a sua obra, Flannery O'Connor aborda certas questões que parecem quase obsessivas. Algumas imagens são tão recorrentes que qualquer leitor as pode notar: os sóis em chamas, os olhos multilados, os chapéus "de ver Jesus", as camisas coloridas. Essas imagens podem ser obsessivas para a autora, mas são utilizadas organicamente em sua ficção. O sol em "Um Círculo no Fogo" é um símbolo e um prenúncio específico do comportamento incendiário dos garotos: "Era inchado e cor de fogo, pendurado em uma rede de nuvens em frangalhos como se pudesse queimá-las a qualquer momento e despencar sobre as árvores". O pôr do sol em "Greenleaf" é outra "imensa bola vermelha", mas, conforme a Sra. May observa, "que começa a minguar e empalidecer até parecer um projétil". Ela é estreita e pálida como a Lua, pois o touro aparece pela primeira vez para cortejar Sra. May "prateada ao luar", e se parece com uma bala porque logo o touro aparecerá como um raio para penetrar o seu corpo.

Outros símbolos recorrentes são um pouco mais complexos que esse. Um deles é o jovem pregador vestindo terno azul e chapéu preto. Suas principais ocorrências são Hazel Motes e o Falso Profeta em *Sangue Sábio* e o vendedor de Bíblias em "Gente Boa da Roça", mas vemos sua sombra em todo lugar: o terno azul do pregador que apresenta a jovem evangelista que diz a Rayber que ele é uma alma condenada, em *The Violent*; o chapéu preto do velho em "O Dia do Juízo Final". Essas não são apenas fórmulas, mas emblemas: o terno resplandece com o fervor fundamentalista, o chapéu preto representa o que a filha do velho despreza como "um monte de baboseira batista". O Falso Profeta veste-se como Haze para roubar a sua missão, mas como uma consequência da transformação ele tem uma morte cristã exemplar, confessando os seus pecados e pedindo "Valha-me Jesus"; o vendedor de Bíblias disfarça-se para trapacear os ingênuos, mas, em vez disso, torna-se um instrumento para trazer Joy-Hulga ao início da humildade pela humilhação.

O pavão é outro símbolo complexo. É figura central em "O Refugiado de Guerra", mas aparece em muitos outros textos: a garota inocente e surda em "A Vida que Você Salva Pode Ser a Sua" tem "olhos azuis como pescoço de pavão" e aprende a dizer apenas uma palavra "pássaro"; Joy-Hulga "sente-se em relação a sua perna assim como um pavão em relação a sua cauda"; a garotinha em *The Violent* exorta: "Prata e ouro e penas de pavão, milhares de sóis na cauda do pavão", e Rayber pensa nela como "um daqueles pássaros, cegados para cantar com mais doçura". Assim como o pavão é uma imagem particular da Transfiguração para o velho padre e a visão da fortuna para o juiz em "O Refugiado de Guerra", para Flannery ele também parece ser a imagem da liberdade e da beleza (ou seja, da arte).

No artigo "Living with a Peacock", publicado na *Holiday*, Flannery escreve: "Quando os vi pela primeira vez, disse, em êxtase: 'Quero ter tantos desses que, a cada vez que sair pela porta, possa me deparar com algum'". Dessa abundância, que também pode ser a Graça de Deus, a garotinha surda possui apenas a beleza sem propósito, e Joy-Hulga, somente a fragilidade.

Outro símbolo complexo pode ser chamado de "o jeito da Geórgia", para fazer jus ao legado de Flannery. Ele está incorporado principalmente na família Shortley, do conto "O Refugiado de Guerra", e na família Greenleaf, do conto de mesmo nome; mas há indícios desse símbolo também entre os Pritchards, em "Um Círculo no Fogo" e os Freeman, que são a "Gente Boa da Roça". Essas famílias de inquilinos das fazendas normalmente incluem um homem grosseiro, maldoso e incompetente; uma esposa com "atração especial por informações secretas, deformidades ocultas e ataques às crianças"; e dois ou mais filhos impetuosos e insaciáveis. Mais do que qualquer personagem nas obras de Flannery O'Connor, essas famílias são símbolos sociais e de classe (assim como as famílias do Mississippi para William Faulkner). Representam a classe branca e pobre do Sul, considerada intrinsecamente cruel. Nos contos, eles matam o Sr. Guizac e deixam o touro escornar a Sra. May; em nossos jornais, têm outras vítimas.

Não são apenas imagens e símbolos que aparecem e reaparecem, mas também determinados grupos de pessoas, e certas figuras nesses grupos são caricaturas consistentes. A introdução de Robert Fitzgerald para *Tudo o que Se Eleva...* refere-se ao que ele chama de "semelhança de parentesco", representado em muitos dos personagens dos contos e romances; mas esta é muito mais uma questão de relações recorrentes do que de personalidades recorrentes. Uma dessas relações é entre a mãe racional e a filha sonhadora. Em "Um Círculo no Fogo" elas são uma mulher "muito pequena e limpa" e uma "menina pálida e gorda, de doze anos"; em "Gente Boa da Roça", uma mãe que, "se não dispunha de más qualidades próprias, tinha porém habilidade bastante para se valer das alheias de um modo tão construtivo que nunca sentia essa carência", junto de Joy-Hulga; e assim por diante. Essas mães e filhas são complementares de uma maneira curiosa: cada uma é uma caricatura vista pela outra, a viúva complacente como presunçosa e vazia e a filha pedante como inútil e afetada. Nas últimas histórias de *Tudo o que Se Eleva...* essa combinação varia. Em "Greenleaf", Sra. May tem dois filhos, dos quais apenas o mais novo é intelectual, enquanto o mais velho igualmente deixa a desejar: ele vende seguros, mas aqueles "do tipo que apenas negros compram". Em "O Calafrio Constante", Sra. Fox também tem dois filhos, que entre si compõem a configuração familiar: Asbury tem pretensões artísticas e Mary George, sua irmã, a língua ferina. Esta última divisão é repetida no fragmento do romance inacabado publicado na *Esquire* como *Why Do the Heathens Rage?*.

As relações que não são sempre caricaturais dos dois lados são as que existem entre um garoto e o irmão ou pai de sua mãe. A primeira delas é Haze e seu avô, o pregador. Em "O Negro Artificial" o par é Sr. Head e Nelson, o filho de sua filha; em *The Violent...* temos a complexa relação entre o jovem Tarwater e o irmão de sua mãe, Rayber, e entre Rayber e o irmão de *sua* mãe, o velho Tarwater, com os dois Tarwater na relação duplicada do irmão da mãe com o irmão da mãe e o filho da irmã com o filho da irmã. Em "Uma Vista da Mata" os pares transformam-se em mãe do pai e *menina*. Em "Os Aleijados Entrarão Primeiro", Rufus Johnson vive com seu avô louco (presumivelmente pai de sua mãe) até que o velho parte para as montanhas "ele e uns outros, morro acima", para se preparar para a destruição do mundo que não virá como um dilúvio, mas em chamas. A característica dessa relação é que o avô ou tio é o verdadeiro pai, e o neto, ou sobrinho (não importa quanto negue) é o verdadeiro herdeiro. A substituição do pai como autoridade pela autoridade do irmão ou do pai da mãe é bastante comum na escrita de uma autora que perdera o pai na infância, porém, antes de definir um motivo autobiográfico aqui, devemos observar que o irmão da mãe, em vez do pai, como autoridade familiar é uma característica do matriarcado ancestral, representado em muitos de nossos mitos e lendas mais ressonantes.

O terceiro arranjo de personagens é o trio de pai, filho e "lobo solitário", primeiramente exemplificado por Rayber, Bishop e o jovem Tarwater em *The Violent*. Podemos vê-lo novamente em "Os Aleijados Entrarão Primeiro", com Sheppard, Norton e Rufus Johnson, e menos expressivamente em "Os Confortos do Lar", entre a mãe de Thomas, Thomas e Star, a garota ninfomaníaca que a mãe leva para casa. A ridicularização também acompanha estes últimos trios, mas neles pai e filho não se julgam mutuamente, antes são duramente julgados pelo intruso. Através dos olhos de Tarwater observamos Rayber como um cego tolo e Bishop como um idiota inútil; através dos olhos de Rufus vemos Sheppard como um benfeitor blasfemo e Norton como um menino sem função nem emoção. Isso não é tão bem disposto em "Os Confortos do Lar", já que "Star Drake" é um personagem muito absurdo para julgar qualquer um que seja; basicamente, nesse conto nós, leitores, vemos a ingenuidade da fé absoluta da mãe de Thomas na bondade humana através dos olhos dele, e da mesma maneira rejeitamos a total ausência de bondade de Thomas, como demonstra o seu próprio comportamento.

Alguns temas importantes correm através das obras de Flannery. Um deles é a profunda relação entre os mistérios do sexo e da religião. Quando o jovem Hazel Motes vê a mulher nua no parque de diversões, sua mãe lhe diz: "Jesus morreu por você", enquanto o açoita, e assim os dois mistérios misturam-se inextricavelmente em sua cabeça. Como deixa claro o título "Um templo do Espírito Santo" (metáfora cristã para o corpo), a história desenvolve-se principalmente a partir dessa equação. A jovem protagonista é iniciada no mistério do sexo pelos primos mais velhos, que contam-na sobre o hermafrodita que viram no parque de diversões, e ao mesmo tempo ela se imagina como mártir cristã na arena romana; quando o sol se põe, "como uma hóstia empapada de sangue", no fim do conto, é o sangue da menstruação e do parto, bem como do martírio e da Paixão de Cristo. A reação mais pura diante da equação sexo-religião é a da Sra. McIntyre, em "O Refugiado de Guerra", quando reage à comparação que o padre faz entre Cristo e a cauda do pavão: "No rosto da Sra. McIntyre surgiu uma expressão puritana, e ela enrubesceu. Cristo na conversa a punha tão encabulada como ficava sua mãe se se falasse de sexo".

Outro tema recorrente é a mudança de identidade, transformação, morte e renascimento. Parker, em "As Costas de Parker", é transformado pela tatuagem, mas é através da mudança de nome que a maioria dessas transformações acontece na ficção de Flannery. Harry Ashfield torna-se Bevel, "aquele que calcula", em "O Rio"; Joy escolhe um novo caminho para sua vida ao tranformar-se em Hulga, em "Gente Boa da Roça"; Hoover Shoats transforma-se em One Jay Holy para comandar um programa religioso falso de rádio chamado "Soulsease"; Rayber tenta transformar o jovem Tarwater ao chamá-lo de Frankie; e até mesmo o próprio Parker precisa voltar a seu nome de batismo — muda de O. E. para Obadiah Elihue — para transformar-se integralmente.

Mais um tema de grande força na obra de Flannery é o que podemos chamar de a "mãe perversa". Quando Leora Watts vai para a cama com Hazel pela primeira vez, ela lhe faz cosquinhas no queixo "como uma mãe", chama-o de "filho" e chama a si mesma de "mamãe". A múmia não é apenas a imitação de Cristo, mas também um jogo de palavras com "mamãe"[12] — um analista freudiano a interpretaria como a revelação absoluta do culto misterioso de Enoque (em "Tudo o que Se Eleva Deve Convergir" essa interpretação é sustentada pela imagem que Julian tem de sua mãe, "reduzida à minúscula proporção de sua natureza moral, sentada como uma múmia"). Eis Joy-Hulga e o vendedor de Bíblias seduzindo um ao outro no sótão do celeiro: "Puro e doce era o hálito do rapaz, como o de uma criança, e os beijos que dava, tal e qual os de criança, eram pegajosos. Ele sussurrou que a amava, que sabia ter tido amor por ela desde que a viu pela primeira vez, mas os sussurros eram também infantis, como os protestos da criança que está caindo de sono e a mãe põe na cama". Em "Os Aleijados Entrarão Primeiro", Norton encontra a falecida mãe no céu ao olhar um telescópio, mas a única mãe que ele encontra na realidade é a morte por enforcamento. A mãe de Parker "não pagaria por nenhuma tatuagem, exceto por um coração com seu nome, que ele fez, resmungando". A mãe de Tarwater, assim como a de Rayber, era uma prostituta, ou isso era o que os dois Tarwaters gostavam de afirmar.

O principal tema de Flannery O'Connor é o que o romancista inglês Walter Allen, na *Esprit*, chama acertadamente de "um mundo de intoxicados por Deus",

---

[12] *Mummy*, múmia, em inglês, é foneticamente parecido com *mommy*, mamãe.

apontando que Rayber, em sua negação, é tão intoxicado por Deus quanto os Tarwater. Os personagens masculinos de Flannery são intoxicados por Deus de várias maneiras, e aqueles que descobriram a sua vocação como pregadores articulam o dualismo radical da autora. O pregador em "O Rio" desafia: "Creiam em Deus ou no diabo! [...] Testemunhe por um ou pelo outro!". O velho Tarwater (e, podemos supor, o avô de Haze) da mesma maneira rejeita tudo o que não é Cristo como anticristo — observamos uma versão mais jovem dessa figura em Rufus Johnson. Rejeitando a salvação de Sheppard, o jovem sibila: "Ninguém pode me salvar além de Jesus". "Se eu me arrepender, vou ser pastor", ele diz, "se é para fazer mesmo a coisa, não tem sentido ficar pela metade". Sheppard o vê como "negra e diminuta figura no limiar de algum negro apocalipse". Rufus continuou escolhendo o demônio, assim como tentou Haze, ou poderia aceitar o chamado, como o decide por fim o jovem Tarwater. O marco da escolha, o *Noli me tangere*, está em todos os três, mas eles são livres para escolher pregar a Palavra ou, como Parker, testemunhá-la silenciosamente em sua carne.

Uma das expressões dessa intoxicação de Deus, por assim dizer, é o satanismo. O Desajustado, em *Um Homem Bom é Difícil de Encontrar*, é um matador brutal porque "Jesus desequilibrou as coisas". O Desajustado prega o mesmo dualismo cristão radical de um palanque diferente: "Se ele fazia o que dizia, não temos outra coisa a fazer senão renunciar a tudo e segui-lo, mas, se não fazia nada, então o que nos cabe é desfrutar os poucos minutos que nos restam da melhor maneira possível — matando alguém ou queimando a casa de alguém ou lhe fazendo alguma outra maldade. Sem maldade não há prazer". Rufus diz a Sheppard que mente e rouba porque "Satã [...] me tem em seu poder", e ao longo da história consegue converter Norton ao satanismo (e, assim, ao suicídio), já que, como o próprio Sheppard reconhece (eis a principal ironia do conto) mas não consegue compreender, "O garoto preferiria estar no inferno que em lugar nenhum".

Paradoxalmente, a outra manifestação dessa intoxicação de Deus é o racionalismo. O primeiro exemplo desse antagonista na obra de Flannery é a figura enigmática do Sr. Paradise em "O Rio", que aparece nos cultos apenas para exibir um câncer não curado no ouvido, mas sempre aparece. É um personagem ritual curioso, o zombador da cerimônia, o Bispo da Desordem, e seu cajado de pastor — de "antipastor" — é um enorme ramo de hortelã com o qual ele tenta salvar Harry da morte. Rayber é um tratamento completo dessa mesma figura: também é um "antipastor" (batizou o filho como *Bishop*, "bispo"), e quando o velho Tarwater batiza o jovem Tarwater que acabara de nascer, Rayber o faz uma segunda vez, blasfemando, no traseiro. Tem uma visão "apanhador no campo de centeio" de si mesmo, "movendo-se como um anjo vingativo mundo afora, reunindo todos os filhos que o Senhor, e não Herodes, assassinara"; seu Éden é "um jardim fechado [...] onde ele juntaria todas as crianças exploradas do mundo e deixaria a luz do sol inundar as suas mentes". Rayber ignora a acusação da garota evangelista ao desligar seu próprio aparelho auditivo, mas nesse caso sabemos, graças à observação do jovem Tarwater e do autor, que ele não é surdo para a cristandade, e sim tão suscetível a ela que todas as suas posições são contraposições. As visões caricatas de Rayber revelam o humanismo pagão ao serem afirmadas como negações do dogma cristão: "A grande dignidade humana", ele diz ao jovem Tarwater, "é a sua habilidade para dizer: nasci uma vez, e não mais".

Se as personagens masculinas são todas intoxicadas de Deus, as personagens femininas de Flannery O'Connor são, em sua maioria, intoxicadas por si mesmas. Afetação e satisfação pessoal são sempre retratadas nas mulheres — outro tema recorrente. Eis a conversa entre Sra. Cope e Sra. Pritchard, em "Um Círculo no Fogo": "Todos os dias eu rezo dando graças a Deus", a Sra. Cope disse. "Pense em tudo o que nós temos. Senhor", disse e deu um suspiro, "temos de tudo". Os dois garotos que lhe trazem à razão afirmam o que ela havia esquecido: "a mata e a dona da mata são de Deus". Sra. Cope, enumerando todos os motivos pelos quais eles deveriam ser gratos, uma "ladainha de suas bênçãos", torna-se a figura cômica e monstruosa de Sra. Turpin em "Revelação". Quando ela proclama, na sala de espera do consultório médico, "Obrigada, Jesus, por ter feito as coisas como são!", a garota de Wellesley pula no seu pescoço aos berros, atira-a no chão e faz a sua revelação: "Vai pro inferno, sua porca velha, que é de lá que você veio". É um símbolo equivalente ao julgamento de Sra. Cope pelos garotos, assim como a visão em que Sra. Turpin vê os bons cristãos como ela ardendo no fogo do inferno, onde "até as suas virtudes estavam sendo queimadas", é um símbolo equivalente ao incêndio dos garotos na mata da Sra. Cope.

Em resumo, no universo moral de Flannery O'Connor, Hazel Motes talvez tenha entrado com o pé esquerdo no céu, mas a gorducha da Sra. Turpin parece destinada ao inferno. Essa oposição remete a outro tema: a superavaliação de valores que avançam no mundo é o retrocesso do espírito. Quando, em "A Vida que Você Salva Pode Ser a Sua", Sr. Shiftlet diz à velha senhora que "os monges de antigamente dormiam dentro do caixão", ela responde que "eles não eram tão adiantados como a gente" — esse é o humor de Flannery. O velho Tarwater fala pela autora quando conta ao garoto a intenção de Rayber de lhe dar "todas as vantagens", e acrescenta, "Agradeça a mim por salvá-lo dessas vantagens".

Assim, é necessário imitar os monges do passado, negar o mundo, e temos na negação outro dos grandes temas de Flannery. "Poder voar é o maior feito da engenharia humana", diz Rayber, e o jovem Tarwater lhe responde: "Eu não daria nada por avião algum. Até um urubu pode voar". Da mesma maneira, Mary Fortune nega que alguém a tenha açoitado ou pudesse fazê-lo, embora seu avô acabara de vê-la açoitada; "Não preciso de sapato nenhum", Rufus Johnson responde a Sheppard, com seu pé torto parcialmente coberto pelo velho sapato rasgado. Essas falsas negações são uma verdade elevada, a verdade do espírito que contradiz a fraqueza da carne.

Os significados da obra de Flannery O'Connor não são apenas cristãos, são cristãos principalmente segundo a tradição mística e ascética de São João da Cruz ("A alma não pode ser possuída pela união divina até que tenha se despojado do amor dos seres criados") em vez da tradição humanitária expressa em 1 João 4,20 ("Se alguém afirmar: 'Eu amo a Deus', mas odiar seu irmão, é mentiroso").

Diz-se que Flannery O'Connor ficou satisfeita quando foi identificada pelo *Times* como uma escritora "teológica", e como escritora teológica de ficção, ela parece ser a dualista cristã mais radical desde Dostoiévski. Tudo tem o seu duplo, o Cristo e o anti-Cristo; sempre há duas camadas, e desde que Rayber rejeita a de Cristo "ele sente novamente sobre a língua o gosto da dor de sua infância, como uma hóstia amarga". Há dois batismos — dado pelo velho Tarwater e por Rayber; há dois rios em "O Rio", um deles é o "rio do Sangue de Jesus, vermelho e bom", o outro, o rio mundano em que o Sr. Paradise aparece "como um monstro fluvial muito antigo". Há dois incêndios em "Um Círculo no Fogo", o do fogo ardente em que os profetas dançassem, "no círculo que o anjo tinha aberto para eles", e o incêndio na mata causado pelos garotos. Os mesmos dois incêndios aparecem no fim de *The Violent...*, quando Tarwater se levanta do chão e "o arbusto em chamas desapareceu. Uma linha de fogo engoliu com languidez a linha das árvores". Há dois Hazes em *Sangue Sábio* — um deles é o falso profeta —, e dois jovens Tarwater em *The Violent*, um dos quais se dissocia do outro como um louco".

O tema da vocação em Flannery O'Connor surge apenas nesse aspecto dualista radical ou trágico, como se o caminho para a santidade fosse possível somente através da total pecaminosidade. Ela conta a uma amiga com orgulho que uma jovem freira demonstrou total compreensão ao ler *The Violent*, dizendo ter compreendido Tarwater perfeitamente: "Ele estava se esforçando em sua vocação. Já passei por isso — sei como ele se sentia e você também". A relação entre os dois reinos de experiência — o esforço espiritual da jovem freira e as ações e paixões criminosas de Tarwater — é analógica: assassinar um mongoloide é a metáfora para o batismo cristão, e incendiar uma floresta, para a crisma. Para Flannery, em uma época desesperadamente incrédula os sacramentos cristãos devem ser compreendidos com igual desespero, e a linguagem do desespero é a violência e o crime.

Restam-nos ainda duas consequências temáticas do dualismo cristão radical de Flannery O'Connor. Uma delas é o Falso Cristo. Hazel Motes diz: "Por que eu precisaria de Jesus? Tenho Leora Watts", e, quando ele deixa a Sra. Watts, o velho Essex torna-se o seu Jesus substituto. O automóvel que o Sr. Shiflet adquire ao casar-se e abandonar a menina surda é também um substituto de Cristo; quando ele finalmente o faz funcionar, "tinha no rosto uma modéstia séria, como se tivesse acabado de ressuscitar um morto".

O Sr. Shiftlet explica a sua filosofia a uma senhora: "O corpo, minha senhora, é como uma casa: ele não vai a lugar algum; mas o espírito, minha senhora, é como um automóvel: está sempre se movendo". Thomas, em "Os Confortos do Lar", e Sheppard, em "Os Aleijados Entrarão Primeiro", não têm falsos Cristos. Eles *são* os falsos Cristos.

Esse tema cristão é muito bem apresentado por São Paulo na I Epístola aos Coríntios (1,25): "porque (o que é) loucura em Deus, é mais sábio que os homens"; e "Porque a sabedoria deste mundo é loucura diante de Deus". O caminho para a sabedoria dá-se através da loucura assim como o caminho para a santiade se dá através do pecado. O velho Tarwater, levado ao manicômio em uma camisa de força por sua tempestuosa profecia, é o tolo de Deus, e a visão seguinte do jovem Tarwater, "a fétida e sangrenta sombra de Jesus", articula-se no mesmo paradoxo: o caminho de Jesus é louco apenas de acordo com a "sabedoria deste mundo".

O fundamentalismo protestante é, portanto, a metáfora de Flannery O'Connor, em termos literários, para a verdade da Igreja Católica (que, em termos teológicos, reflete o ecumenismo). Por que ela viu através de um vidro sombrio, e não cara a cara? Há muitas respostas, nenhuma correta. Certa vez Flannery respondeu a jornalistas dizendo que o fundamentalismo protestante foi o meio em que ela cresceu, mas essa não foi uma resposta satisfatória — verdade, não há muitos católicos na Geórgia rural, mas também não há muitos (ou nenhum) Hazels ou Tarwaters. Posteriormente, a autora deu uma resposta mais profunda ao escritor Granville Hicks: "não estou interessada na seita como seita; preocupo-me com o indivíduo religioso, com o profeta do interior. O velho Tarwater é o herói de *The Violent Bear it Away*, e tem cem por cento do meu apoio".

Em uma carta para a irmã beneditina Mariella Gable, citada na edição comemorativa da *Esprit*, Flannery escreveu: "As pessoas julgam o fanatismo de acordo com o que elas mesmas são. Para muitos protestantes que conheço, monges e freiras são fanáticos, nada além disso, e para muitos monges e freiras que conheço, meus profetas protestantes são fanáticos. No que me toca, creio que a única diferença entre ambos é que, se você é católico e tem essa fé intensa, entra num convento e vive exclusivamente para ela; entretanto, se você é protestante e tem essa mesma fé intensa, não há convento para você, e você corre o mundo envolvendo-se em todo tipo de problemas e atraindo a ira daqueles que não acreditam em absolutamente nada do que há em sua cabeça. Esse é um dos motivos por que escrevo mais sobre crentes protestantes do que sobre católicos — porque eles expressam a própria crença através de ações dramáticas, óbvias o suficiente para que eu possa perceber".

O que quer que tenha feito Flannery O'Connor escolher o fundamentalismo protestante como a sua metáfora da visão católica, foi uma escolha brilhante: proporcionou a ela imagens naturalmente dramáticas, como ela mesma diz, e, como não diz, libertou-a das restrições do bom gosto — a jovem freira que identificou seus esforços com Tarwater não poderia, como protagonista da história, ser escrita para sofrer experiências comparáveis às dele. Os ganhos são muito maiores que as perdas. Se Flannery O'Connor, ao escolher tal assunto, não poderia escrever um retrato sereno da santidade como J. F. Powers em "Lions, Harts and Leaping Does", por outro lado foi poupada da necessidade de escrever fábulas moralizantes sobre o gato presbítero. De qualquer maneira, isso não estaria de acordo nem com o seu dom, tampouco com seu temperamento.

Como católica e nascida na Geórgia, Flannery sempre insistiu não apenas em seu direito ao imaginário do protestantismo sulista, mas também em sua aptidão peculiar como católica. Em uma carta, escreveu: "Hoje, na minha opinião, o Sul é um bom lugar para uma literatura católica por uma série de razões. 1) No Sul ainda é possível acreditar na crença, e ela faz parte da vida da sociedade. Não é por acaso que somos o Cinturão da Bíblia. 2) A Bíblia, conhecida e reverenciada nessa região do país, dá a qualquer autor uma base mítica para desenvolver o que for necessário para aprofundar o seu significado. 3) O Sul tem uma visão sacramental da vida [...] 4) O aspecto mais notável do protestantismo (ao menos para os católicos) sulista é a negociação direta entre homem e Deus, sem a mediação da Igreja, e isso é muito bom para um autor católico, como eu, que quer se aproximar de sua personagem e vê-la lutar com o Senhor".

Flannery O'Connor foi uma legítima georgiana e legítima sulista. Ela não era apenas uma sulista, mas uma sulista branca. De certa maneira, trata-se de uma condição irônica. Dizia nunca ter lido *Lolita* porque "mulheres brancas do Sul não devem ler esses livros", algo que ela mesma deve ter ouvido sobre a sua própria obra. Não parece haver, porém, nenhuma postura irônica em relação à questão racial, sobre a qual Flannery nunca se pronunciou publicamente. Entretanto, há declarações simbólicas em seus trabalhos. "A ficção de Flannery O'Connor não reflete as questões sociais — questões raciais, particularmente — que dominavam o Sul dos Estados Unidos durante a sua vida", diz John J. Clarke, na *Esprit*. Discordo dele, e acho que tais questões são abordadas de um modo mais poderoso e verdadeiro do que em qualquer outro lugar — mas a sua expressão está sempre implícita, cifrada, velada. Se os seus loucos profetas são metáforas da verdade da Igreja Católica Romana, também, em certo sentido, a violência feroz que há em seus textos é a metáfora da violência imposta sobre os negros. Isso está bem claro em *Sangue Sábio*, quando Haze, aos dez anos, tenta descobrir que mistério se esconde na tenda do parque de diversões. Podemos acompanhar os seus pensamentos: "Deve ser um bando de homens num banheiro", continua como "talvez seja um homem e uma mulher num banheiro", e culmina em sua pergunta repentina ao cobrador: "É um crioulo? Estão fazendo alguma coisa com um crioulo?" (eu poderia trocar muitos tratados bem-intencionados sobre a questão pela compreensão desta progressão).

Os negros dos contos são vistos de fora, como uma tradicional senhora sulista os veria, sem nenhum acesso a sua sensibilidade oculta, mas com alguma voz ocasional (há diversas demonstrações dessa fórmula em "O Refugiado de Guerra"), o que demonstra quanto a autora conhecia tal sensibilidade. Às vezes os negros carregam um profundo significado espiritual, como em "O Negro Artificial" ou na figura de Buford Munson em *The Violent Bear it Away*. Em muitas histórias, e no fragmento do romance inacabado, os negros são imagens de fraternidade. Num sentido mais profundo, Harry, em "O Rio", que segue para a morte por querer *fazer parte*, ou Norton, em "Os Aleijados Entrarão Primeiro", que se enforca por querer estar em *algum lugar*, são símbolos das aspirações e frustrações dos negros; são os negros simbólicos ou "artificiais", e a autora sabia disso.

Isso nos traz à questão da integração. Sr. Guizac, o refugiado de guerra, é integracionista por desespero, em sua tentativa de casar a prima polonesa de dezesseis anos com o negro Sulk, para tirá-la do campo de refugiados. É esse projeto, que a Sra. McIntyre descreve como o encontro de uma "criança inocente" com um "negro retardado que é um ladrão fedorento", que o desmoraliza aos olhos de Sra. McIntyre e, assim, o conduz a seu destino. O apelo integracionista do Sr. Guizac é mínimo: "Ela não dá trabalho a preto. Ela está no campo faz três anos". Entretanto, à medida que encarna Cristo, o refugiado, o deslocado, seu slogan integracionista implícito é o máximo: Deus morreu para salvar toda a humanidade.

O integracionismo é retratado de modo sentimental e presunçoso em Julian, personagem de "Tudo o que Se Eleva Deve Convergir", e em Asbury, de "O Calafrio Constante", mas o oposto também tem seu retrato caricato na voz de suas mães. "Que eles subam, até concordo, mas que subam do seu lado da cerca", diz a mãe de Julian, e o título, assim como o seu derrame, é a sua réplica.

Podemos compreender a natureza da oposição de Flannery O'Connor à integração quando vemos Asbury pensando que fumar com os negros que trabalhavam para a sua mãe era "um desses momentos de comunhão em que a diferença entre brancos e negros é absorvida no nada". De acordo com o dualismo cristão radical de Flannery, essa é uma comunhão secular e, portanto, falsa — e a integração em geral é uma salvação secular e, portanto, falsa. Enquanto seu amigo, o padre Merton, vê a integração como algo inerente ao conceito cristão de encarnação, considerando "autoexcomungante" qualquer traço de racismo em um católico, Flannery insiste, como Dostoiévski, que a única igualdade deve ser encontrada na dignidade espiritual do homem, na comunhão mística dos Sacramentos.

Não é fácil classificar Flannery O'Connor em uma tradição literária. Ela deve muito de seu estilo ao escritor Mark Twain, e até onde sei ele nunca é mencionado nas discussões sobre a obra da autora. Se *The Violent Bear it Away* tem algum antepassado, é *As Aventuras de Huckleberry Finn*. A escrita madura de Flannery O'Connor tem pouco a ver com Faulkner ou com qualquer um desses autores da literatura "sulista", e o autor que mais a influenciou, ao menos nos primeiros livros, foi Nathanael West. *Sangue Sábio* é claramente inspirado em *Miss Lonelyhearts* (o que nenhum crítico notou na época da publicação), e contém muitos traços semelhantes. Hazel Motes tem um nariz "como um bico de papagaio"; depois de ir para a cama com Leora Watts, Haze "parecia um objeto atirado pelo mar sobre a mulher"; a correspondência de Sabbath Lily com a conselheira do jornal é puro West, e todas as pedras de *Sangue Sábio* fazem lembrar as pedras nos rins de Miss Lonelyhearts, que se tornam a pedra sobre a qual o novo Pedro construirá a nova Igreja. O escritor europeu a que Flannery mais se assemelha (no método, não em escala) é Dostoiévski. Assim como ele, Flannery criou um inimigo profundamente compreensível a partir de seus próprios sonhos liberais e iluminados. "Ivan Karamázov não pode crer", escreveu, em sua introdução para *O Livro de Memórias da Irmã Mary Ann*, "enquanto existir uma criança em agonia" — tampouco podem Rayber ou Sheppard, ela poderia acrescentar.

Ainda é muito cedo para avaliar a obra de Flannery O'Connor ou categorizá-la em nossa literatura, mas é possível arriscar algumas tentativas. Duas observações são primordiais: a primeira é que, a despeito da opinião predominante, Flannery era principalmente uma romancista, e não contista — consequentemente, seus romances são melhores e mais importantes do que os contos. A segunda é que qualquer discussão de sua teologia só pode ser preliminar — e não substituta — à análise e avaliação estética.

Os pontos fortes da escrita de Flannery O'Connor são aquelas qualidades mais detestáveis e atacadas: a violência apocalíptica, a visão grotesca, a vulgaridade. "Seus romances sofrem, creio eu, de uma violência excessiva de concepção", escreve Warren Coffey, na *Esprit*, contrastando-os com os contos. Porém é precisamente nessa violência dos romances — assassinatos, incêndios, cegamentos e estupros — que está o coração de seu poder imaginativo, assim como o assassinato nos romances de Dostoiévski. É a violência da cristandade desesperada, a violência do Sul, despreparado e desarticulado, de uma nação que não cala mais o próprio desespero. Desdenhosamente, William Esty escreveu, na *Commonweal,* acerca do "culto gratuito do grotesco" em Flannery O'Connor. Sua ficção é grotesca, certamente, mas nunca é gratuita. Na cena de abertura de "Os Aleijados Entrarão Primeiro", por exemplo, Norton come uma fatia de bolo de chocolate com pasta de amendoim e ketchup; quando seu pai o deixa chateado, ele vomita tudo em uma "massa mole e adocicada". Não é uma cena apenas grotesca, mas totalmente repulsiva, e não menos repulsiva para a autora, mas também totalmente funcional e necessária na história: simboliza perfeitamente a confusão indigesta da visão "iluminada" de Sheppard, que Norton, da mesma maneira, também não consegue assimilar. A própria Flannery respondeu definitivamente à provocação em uma palestra ainda inédita: "Compreendi que nenhuma ficção que venha do Sul será considerada grotesca pelo crítico do Norte, a menos que seja grotesca; nesse caso, será considerada realista". Essa também não é uma questão apenas do crítico do Norte. Toda a arte, à medida que é inovadora e séria, é chocante e perturbadora, e uma maneira de indagar as convicções que nos chegam é através do "grotesco".

Não podemos ignorar as fraquezas da ficção de Flannery O'Connor. Com frequência, seus contos dependem mecanicamente da morte para se encerrar. As mortes são destruidoras em "Uma Vista da Mata" e desnecessárias em outros contos. Suas melhores histórias — "O Negro Artificial", "Gente Boa da Roça" e "As Costas de Parker" — não terminam em mortes, e nem precisariam. Uma possível razão para fins tão melodramáticos parece ser teológica: "Nasci e fui criado no catolicismo, e a morte sempre acompanhou os meus pensamentos", disse Flannery a um jornalista da *Jubilee*. "Não consigo imaginar uma história que não termine em morte ou em seus prenúncios." Essa era uma de suas raras confusões entre teologia e estética.

Esses finais resultam de um julgamento incorreto do ofício, assim como dos acontecimentos — em "Gente Boa da Roça" e "Uma Vista da Mata" — pelos quais é preciso passar para encerrar uma história naturalmente. Além disso, a única falha em sua ficção é a tendência ao exagero. A caricatura é um recurso legítimo da arte, e um recurso maravilhosamente eficaz nas mãos de Flannery; porém às vezes esse exagero foge do controle e torna-se inverossímil, tanto que não conseguimos acreditar na existência de seus intelectuais e de seus negros. Se eles não são pessoas, não funcionam como símbolos, já que, como ela diz na palestra sobre o grotesco, "É da natureza da ficção não ser boa para nada mais, a menos que seja boa em si mesma".

A ficção de Flannery O'Connor é um exemplo poderoso do que Kenneth Burke chama de "ação simbólica", que funciona tanto para a autora como para seus leitores. Na raiz de "caricatura" está "carregar" — intensificar, exagerar —, e nesse sentido Flannery criou seus personagens e seus opostos dramáticos separando, exagerando e polarizando elementos em sua ficção. Os Tarwater e Rayber são o yin-yang da autora, cada um em seu extremo, da mesma maneira que Stephen Dedalus e Molly Bloom, de *Ulisses*; ou Ahab e Ismael, de *Moby Dick*. Esses opostos sustentam a tensão externa de uma guerra interior, mas o fazem dramaticamente e se desenvolvem para uma resolução igualmente dramática, exorcizando a ambivalência e acabando com a dúvida. "Escrevi um livro terrivelmente bom", escreveu Melville a Hawthorne ao terminar *Moby Dick*, "e me sinto imaculado como o cordeiro." Assim como Dostoiévski descobriu dentro de si tudo o que mais detestava, Stavrogin e Smerdyakov, Flannery O'Connor encontrou seu próprio Hazel Motes interior — o cego fanático — e Joy-Hulga, a maldosa ateísta, que habitava o seu coração.

Ao descobri-los, ao imprimi-los em sua arte, a autora pôde livrar-se deles. Seus contos são cheios de um ódio amargo *para que* sua autora seja amigável e amorosa; os romances gritam a dúvida e a negação *para que* ela possa ser devota e serena.

Assim como essa ação simbólica transforma o autor, também transforma o leitor. Passamos por esses terríveis acontecimentos, cheios de horror, como as tragédias gregas, para sairmos limpos, aliviados, e até mesmo devotos (em nossas diversas devoções). Poucos leitores de Flannery, e menos ainda os católicos, podem compartilhar de seu dualismo cristão desesperado e radical com a mesma consciência da autora. Mas esse é um drama natural para a ficção — assim como a religião de Dostoiévski —, e uma ficção em nada paroquial. Como escritora, ela tem a vantagem adicional — que também tem West — da alienação múltipla dos pressupostos de nossa cultura: era um *outsider* como judeu, e duplamente *outsider* como judeu afastado dos judeus; enquanto Flannery era *outsider* como mulher, sulista e católica naquela região. Isso não quer dizer que suas opiniões, ou seu alheamento, deram origem à sua ficção; muitas pessoas sustentaram opiniões ainda mais radicais, e estiveram ainda mais alienadas da sociedade, e nunca escreveram uma linha sequer. Seu talento produziu a sua ficção, mas sua situação lhe deu oportunidades e a capacitou a aperfeiçoar a sua inteligência, a sua imaginação e a sua habilidade com maior eficiência. Talvez a sua morte prematura tenha privado o mundo de maravilhas inimagináveis, porém, em *The Violent Bear it Away*, em partes de *Sangue Sábio* e em seus melhores contos, Flannery nos deixou momentos suficientes de assombro.

Prefácio

Estes textos dividem-se igualmente entre artigos e ensaios que a autora publicou em vida e materiais de outros documentos nunca revistos para publicação. No segundo grupo encontra-se a maioria da parte 3, o primeiro ensaio da parte 4 e toda a parte 5, exceto o primeiro ensaio. A palavra "selecionados" na folha de rosto deste livro refere-se em particular a esses itens, mas não explica o que os editores fizeram. A senhorita O'Connor deixou ao menos cinquenta datiloscritos de conferências, com ligeiras indicações de onde foram proferidas, e a maioria deles sem nenhuma indicação de data. Ao que tudo indica, ela datilografava um roteiro substancialmente novo a cada ocasião. Em geral, isso queria dizer que ela experimentava as mesmas observações numa nova ordem ou com mudanças de fraseado e umas poucas sentenças ou parágrafos novos. Poderíamos distinguir quatro ou cinco tipos de palestra, dependendo do público em vista: (a) grupos universitários, (b) católicos, (c) georgianos, (d) aulas de redação; mas o que tinha a dizer a cada um coincidia com o que tinha a dizer aos demais, e muitas vezes se valia das mesmas anedotas e piadas. Foi difícil ou impossível descobrir uma palestra "original" ou "matriz" em qualquer categoria, embora em dois ou três casos os herdeiros da senhorita O'Connor ou seu testamenteiro tenham permitido que uma versão anterior aparecesse numa revista acadêmica. Os editores se debateram por algum tempo nessa massa de materiais. Fomos tentados a desistir de duas formas diferentes. Poderíamos escolher meia dúzia desses manuscritos e publicá-los com toda a redundância ou concluir que, uma vez que eram palestras esboçadas para leitura em voz alta e nunca buriladas para publicação, deveriam simplesmente permanecer inéditos. No primeiro caso, demonstraríamos fidelidade à letra; no segundo, um tipo de fidelidade à autora. Em nenhum deles, como aos poucos ficou claro para nós, o leitor seria bem servido. No fim, decidimos editar o corpo do texto como sentimos que a própria autora o desejaria agora, recorrendo ao mesmo tipo de reorganização de que ela mesma tantas vezes se valeu. Cortamos a maior parte das repetições e mantivemos os argumentos interessantes na melhor forma disponível; quando os ajustes e transposições eram necessários e possíveis, nós os fizemos. Usamos as notas de rodapé para registrar variações de duas passagens, e duas passagens maiores de claro interesse foram acrescentadas a ensaios relevantes. Em geral, com exceção do acréscimo aqui e ali de uma palavra de transição ou de uma mudança mínima para corrigir uma oração desajeitada, tivemos o cuidado de preservar o pensamento e o estilo de Flannery O'Connor, sem interferência nossa.

Aqui, então, numa seleção razoavelmente completa, estão os escritos ocasionais de Flannery O'Connor. O volume começa e termina com uma prosa sobre a qual a escritora se debruçou com habilidade e zelo. Entre esses escritos encontram-se exemplos que variam em estilo — de certa formalidade até a informalidade da fala casual. O tom de conversa simples predomina nas partes 3 e 4, sobre o estudo e a prática da escrita. As últimas e mais profundas reflexões da autora encontram-se nas partes 5 e 6, sobre os grandes temas que ela tomava como particularmente próprios. É claro que o discurso, até mesmo aqui, tinha importância secundária para a autora, que sentia que seu chamado principal era escrever histórias e que suas histórias encerravam o que ela havia de oferecer. Por outro lado, ela sabia que essas concentrações de experiência e invenção tinham seu lugar em contextos reais — literários, regionais e religiosos — que podiam e deviam ser examinados e discutidos. Ela também tinha talento para isso. Seus textos não apenas complementam suas histórias, mas são valiosos e seminais em si mesmos. A confiança modesta com que falava era justificada, na visão dos editores, que, com o mesmo espírito, apresentam este livro.

Sally Fitzgerald

Robert Fitzgerald

Parte 1

O rei dos pássaros

Quando eu tinha 5 anos, passei por uma experiência que marcou minha vida. O jornal *Pathe News* enviou, de Nova York, um fotógrafo a Savannah para fotografar um frango que eu tinha. Esse frango, um *cochim bantam* taludo, tinha a característica peculiar de ser capaz de andar para trás e para a frente. Sua fama espalhou-se pela imprensa e, quando chamou a atenção do *Pathe News*, imaginei que já não havia um lugar aonde ele não pudesse ir — para trás ou para a frente. Pouco depois disso, ele morreu, como agora parece conveniente.

Apresento essa informação no início de um artigo sobre pavões porque sempre me perguntam por que os crio, e não tenho uma resposta exata ou razoável.

Desde aquele dia com o homem do *Pathe*, comecei a criar aves. O que fora apenas um leve interesse tornou-se uma paixão, uma busca. Eu precisava ter cada vez mais frangos. Preferia aqueles com um olho verde e um laranja ou de pescoço longo e crista arqueada. Queria um com três patas ou três asas, mas não apareceu nada do tipo. Pensei na figura do livro de Robert Ripley, *Acredite se Quiser*, de um galo que sobreviveu trinta dias sem a cabeça, mas não tenho um temperamento científico. Eu sabia costurar e comecei a fazer roupas para os frangos. Um galo cinza chamado Coronel Eggbert vestia um casaco de piquê branco com uma gravata de laço e dois botões nas costas. Evidentemente, o *Pathe News* nunca ouviu falar desses meus outros frangos e jamais enviou outro fotógrafo.

Minha busca — pelo que quer que fosse — terminou com os pavões. O instinto, não o conhecimento, levou-me até eles. Eu nunca tinha visto ou ouvido um. Embora tivesse um redil de faisões e um de codornas, um bando de perus, dezessete gansos, uma tribo de patos-reais, três galos japoneses, dois galos poloneses e vários frangos de um cruzamento entre esses últimos e a galinha vermelha, sentia falta de alguma coisa. Sabia que o pavão era o pássaro de Hera, a esposa de Zeus, mas desde aquela época ele provavelmente desceu ao mundo — os classificados do mercado da Flórida anunciavam um pavão da Ásia de 3 anos ao preço de sessenta dólares o casal. Li tranquilamente esses anúncios por alguns anos, até que um dia fui fisgada, circulei um anúncio nos classificados e entreguei-o à minha mãe. O anúncio era de um pavão macho e uma fêmea com quatro pavõezinhos. "Vou comprar estes", eu disse.

Minha mãe leu o anúncio.

"Essas coisas não comem flores?", perguntou ela.

"Comerão ração, como todos os demais", respondi.

Os pavões chegaram pela Ferrovia Expressa de Eustis, da Flórida, num dia ameno de outubro. Quando minha mãe e eu chegamos à estação, o engradado estava na plataforma. De um dos lados saía um longo pescoço azul *royal* e uma cabeça emplumada. Uma linha branca acima e abaixo dos olhos dava à cabeça inquiridora uma expressão de serenidade alerta. Eu me perguntei se essa ave, acostumada a exibir-se num pomar de laranjas na Flórida, se adaptaria facilmente a uma quinta de laticínios na Geórgia. Desci do carro num pulo e corri. A cabeça se escondeu.

Em casa, descarregamos o bando num cercado coberto. O homem que me vendeu as aves dissera que eu deveria mantê-los cercados por uma semana ou dez dias e, então, ao anoitecer, soltá-los no lugar em que queria que se empoleirassem; a partir dali, eles voltariam toda noite ao mesmo lugar de pousada. Ele também me advertiu de que o macho não teria as penas da cauda plenamente formadas quando chegasse; o pavão perde a cauda no fim do verão e não a recupera antes do Natal.

Tão logo as aves saíram da gaiola, sentei-me sobre esta e comecei a olhá-las. Venho olhando para elas desde então, de uma estação a outra, e sempre com a mesma admiração que tive da primeira vez, embora, eu acho, sempre tenha sido capaz de manter certo equilíbrio e imparcialidade. O pavão que eu havia comprado nada tinha no lugar da cauda, no entanto se portava não só como se tivesse um trem atrás de si, mas um séquito a cortejá-lo. Naquela primeira ocasião, em grande medida meu problema era a que atentar primeiro, pois meu olhar se movia constantemente do macho à fêmea e aos quatro pavõezinhos, enquanto eles — com exceção de um, que se manteve o mais distante possível de mim — não davam nenhum sinal de saber que eu estava no chiqueiro.

Com o passar dos anos, o comportamento deles em relação a mim não se tornou mais generoso. Se apareço com comida, eles condescendem, quando nenhum outro modo pode ser encontrado, para comer de minha mão; se apareço sem comida, sou só mais um objeto. Se me refiro a eles como "meus" pavões, o pronome é apenas bacana, nada mais. Sou a criada, às ordens e grasnados de qualquer eminência emplumada que queira meus serviços. Quando desengaiolei essas aves, em meu frenesi, disse: "Quero tantos deles que, sempre que saia pela porta, eu depare com um". Agora, sempre que saio à porta, quatro ou cinco deparam comigo... e manifestam apenas um sutil reconhecimento. Já se passaram nove anos desde a chegada do primeiro pavão. Tenho quarenta bicos para alimentar. A necessidade é a mãe de várias outras coisas além da invenção.

Para um macho que cresce para ter aparência tão excepcional, o pavão começa a vida com um aspecto pouco auspicioso. O filhote de pavão é da cor daquelas mariposas que ficam em volta das lâmpadas nas noites de verão. Suas únicas características peculiares são os olhos, de um cinza luminoso, e uma crista marrom que começa a brotar da parte de trás da cabeça quando têm dez dias de idade. Isso parece, à primeira vista, uma antena de inseto e, mais tarde, com as penas no cocar de um índio. Em seis semanas, surgem pintas no pescoço, e algumas semanas mais tarde o macho pode ser distinguido de uma fêmea pelas manchas nas costas. As costas das fêmeas perdem gradualmente a cor, até chegar a um tom cinza, e sua aparência logo fica como será para sempre. Nunca considerei feia uma pavoa, muito embora careça da cauda longa e de alguma ornamentação expressiva. Até já a considerei, uma ou duas vezes, mais atraente que o macho, mais sutil e refinada, mas esses momentos de ousadia passam.

A plumagem do pavão requer dois anos para atingir o padrão, e pelo resto da vida essa ave age como se tivesse sido desenhada pessoalmente. Nos primeiros dois anos, ele pode ser visto como um saco de pano por alguém sem imaginação. Durante o primeiro ano, tem um peito taludo, costas salpicadas, um pescoço verde como o da mãe e uma cauda cinza e curta. No segundo ano, tem o peito preto, pescoço azul de garanhão, costas que lentamente vão assumindo o verde e dourado que serão permanentes, mas ainda não tem cauda. No terceiro ano, chega à maioridade e adquire a cauda. Pelo resto da vida — e um pavão pode viver até 35 anos —, ele não terá nada melhor a fazer do que cuidar de sua cauda, abri-la e fechá-la, dançar para a frente *e para trás* com a cauda estendida, gritar quando esta é pisada e erguê-la quando passa por uma poça.

Nem toda parte do pavão é impressionante ao olhar, mesmo quando ele já está adulto. As penas da asa superior são estriadas de preto e branco e poderiam ser tomadas de empréstimo de um galo *plymouth rock*; as pontas das penas das asas são da cor de argila; suas patas são longas, finas e cor de ferro; os pés são grandes; e ele parece estar vestindo bermudas, como aquelas que os *playboys* usam atualmente no verão. Essas, de cor amarela e lisa, se estendem até a parte de baixo do que parece ser um colete azul e preto. Não seria de espantar se alguém visse uma corrente de relógio pendurada ali, mas acho que ninguém nunca a viu. Ao analisar a aparência de um pavão com a cauda dobrada, acho as partes incompatíveis com o todo. O fato é que, com a cauda dobrada, nada, senão seu porte, salva essa ave de ser ridícula. Com a cauda aberta, ele inspira uma série de emoções, mas ainda tenho de ouvir risos.

A reação comum é o silêncio, ao menos por algum tempo. O pavão abre a cauda ao sacudir-se violentamente até que esta se erga num arco em torno dele. Então, antes que alguém tenha a chance de vê-la, ele se vira, de modo que mostra as costas ao espectador. Há quem entenda isso como algum tipo de insulto; outros, como capricho. Minha impressão é de que isso quer dizer apenas que o pavão está igualmente satisfeito com qualquer visão de si mesmo. Desde que comecei a criar pavões, pelo menos uma vez por ano recebo alunos do primeiro ano da escola para uma aula prática. Estou acostumada a ouvir o coro do grupo quando o pavão se vira de costas: "Eita! Ele está de cuecas!". Essas "cuecas" são uma cauda cinza-escuro que serve de suporte para a maior, e abaixo dela há um pompom de penas pretas que seria adequado para alguma mulher realmente grandiosa — uma Cleópatra ou uma Clitemnestra — passar pó no nariz.

Quando um pavão se vira de costas, o espectador normalmente começa a dar a volta em torno dele para ter uma vista frontal; mas o pavão continua a virar-se, de modo que nenhuma vista frontal é possível. O que se há de fazer, então, é ficar parado e esperar até que ele queira virar-se. Quando lhe for conveniente, o pavão vai encará-lo. Então se verá, num arco verde e bronze em torno dele, uma galáxia de sóis aureolados, contemplativos. É este o momento em que a maioria das pessoas fica em silêncio.

"Amém! Amém!", exclamou certa vez uma senhora negra quando isso aconteceu, e ouvi muitos comentários similares neste momento, que mostram a inadequação da linguagem humana. Algumas pessoas assobiam; alguns poucos, ao menos uma vez, ficam em silêncio. Um caminhoneiro que levava uma carga de feno e encontrou um pavão diante dele no meio da estrada gritou: "Vá buscar uma carga, seu canalha!". E parou o caminhão no acostamento. Nunca soube de um pavão que cedesse um milímetro a um caminhão, trator ou automóvel. O veículo que saísse da frente. Nenhum de meus pavões jamais foi atropelado, embora um deles, certa vez, tenha perdido uma pata na colheitadeira.

Muita gente, percebi, é congenitamente incapaz de apreciar a visão de um pavão. Uma ou duas vezes, me perguntaram "para que serve" o pavão — uma pergunta que nem respondo, porque não merece resposta alguma. A companhia telefônica, certo dia, enviou um técnico para consertar nosso telefone. Depois que concluiu o trabalho, o homem, um camarada grande com uma expressão desconfiada meio escondida por um capacete amarelo, continuou à toa, tentando convencer um pavão que lhe assistia a desfilar. Ele queria acrescentar essa experiência a um grande número de outras que já tivera. "Vamos lá, amigão", disse ele, "é hora do show, para cima, para cima, vamos lá!".

O pavão, é claro, nem deu bola.

"O que há de errado com ele?", perguntou o homem.

"Nada", respondi. "Ele vai abri-la logo, logo. Tudo que você tem de fazer é esperar."

O homem ficou seguindo o pavão por cerca de quinze minutos; depois, chateado, voltou para a caminhonete e deu partida. O pássaro sacudiu-se e abriu a cauda.

"Ele está abrindo!", gritei. "Ei, espere! Ele está abrindo a cauda!"

O homem manobrou a caminhonete de novo, bem na hora que o pavão se virou, e deparou com a cauda aberta. A cena foi perfeita. O pássaro voltou-se ligeiramente para a direita, e pequenos planetas acima dele pendiam em bronze, então se virou um pouquinho para a esquerda e eles pendiam em verde. Subi na caminhonete para ver como o homem foi afetado pela visão.

Ele estava fitando o pavão com uma concentração minuciosa, como se estivesse tentando ler letras miúdas à distância. Num segundo, o pavão baixou a cauda e foi embora.

"O que você achou?", perguntei.

“Nunca vi pernas tão compridas e tão feias”, disse o homem. “Aposto que esse crápula é capaz de ultrapassar um ônibus na corrida!”

Algumas pessoas são genuinamente afetadas pela visão de um pavão, até mesmo quando estes estão com a cauda baixa, mas não admitem; outras parecem ficar irritadas com ela. Talvez achem que o pássaro tenha uma opinião desfavorável em relação a elas. O próprio pavão é um investigador sério e cuidadoso. Nossos visitantes, em vez de serem recebidos por latidos de cachorro à entrada, são anunciados aos berros pelos pavões, cujos pescoços azuis e cabeças com cristas pululam de detrás de moitas de grama; espreitam dos arbustos e, do alto do telhado da casa, esticam o pescoço para baixo, para onde o pássaro voou, talvez tentando vê-los. Um dos meus, certa vez, saiu de debaixo de uma moita e desceu para inspecionar um carro cheio de gente que tinha vindo comprar um bezerro. Um velho e cinco ou seis crianças de cabelos brancos e pés descalços estavam amontoados na traseira do carro quando o pássaro se aproximou. Ao vê-lo, eles pararam onde estavam e ficaram olhando, claramente impactados por encontrar aquela figura superior que lhes bloqueava o caminho. Havia silêncio enquanto o pássaro os encarava, a cabeça recuou para seu ângulo mais majestoso, e a cauda fechada brilhava atrás dele com a luz do sol.

“*Qui qui* é aquilo?”, perguntou, enfim, um dos menininhos com voz mal-humorada.

O velho saiu do carro e ficou contemplando o pavão com um olhar espantado de reconhecimento. "Não via um desses desde a morte de meu avô", disse ele, respeitosamente retirando o chapéu. "As pessoas costumavam tê-los, mas hoje não mais".

"*Qui qui* é isso?", perguntou de novo o menino, com o mesmo tom de antes.

"*Fi*", disse o velho, "este é o rei dos pássaros!"

As crianças receberam a informação em silêncio. Um minuto depois, subiram de volta no carro e continuaram a contemplar o pavão dali, contrariadas, como se não tivessem gostado de flagrar o velho na verdade.

O pavão faz a maioria de seus desfiles memoráveis na primavera e no verão, quando está com a cauda completa para fazê-los. Normalmente, ele começa pouco depois do café da manhã, desfila por várias horas, desiste durante o calor do dia e começa de novo no fim da tarde. Cada pavão tem um lugar favorito, onde se exibe todos os dias na esperança de atrair alguma pavoa que passe por ali; mas, se já vi alguém indiferente à exibição do pavão, além do técnico do telefone, é a pavoa. Ela raramente põe os olhos nele. O pavão, com a cauda aberta num arco brilhante ao seu redor, vai se virar para cá e para lá, e com as penas das asas cor de argila tocando o chão, dançará para frente e para trás, com o pescoço curvado, com o bico entreaberto e os olhos reluzentes. Enquanto isso, a pavoa cuida de suas coisas, ciscando o chão com toda a diligência, como se algum inseto na grama fosse mais importante do que o desenrolar do mapa do universo que se mostra por ali.

Algumas pessoas têm a ideia de que somente o pavão abre a cauda e que ele só o faz na presença de uma pavoa. Não é verdade. Um pavãozinho recém-chocado erguerá a cauda que tem — terá mais ou menos o tamanho da unha do polegar — e desfilará, se virará e se curvará exatamente como se tivesse três anos e tivesse alguma razão para fazê-lo. As pavoas erguem a cauda quando veem um objeto no chão que as alarma, ou às vezes quando não têm nada melhor para fazer e o vento está forte. O ar fresco bate na cabeça do pavãozinho e o incita a ser brincalhão. Um bando de pássaros dançará junto, ou quatro ou cinco correrão atrás uns dos outros em torno de um arbusto ou de uma árvore. Às vezes, um correrá atrás de si mesmo, terminando sua agitação com um salto animado no ar e então saindo de cena como se nada tivesse a ver com tal espetáculo.

Frequentemente, o pavão combina a elevação da cauda com a elevação da voz. Ele parece receber pelos pés algum choque do centro da Terra que viaja através dele e então se libera: Bruó-ó! Bruó-ó! Para os melancólicos, esse som é melancólico; para os histéricos, é histérico. Para mim, sempre soou como um "Viva!" a um cortejo invisível.

A pavoa não é dada a tais manifestações explosivas. Ela faz um barulho como o zurrar de uma mula — irró, irró, aaauuu —, e o faz somente quando necessário. No outono e no inverno, os pavõezinhos normalmente são silenciosos, a menos que algum barulho os perturbe; mas, na primavera e no verão, em intervalos curtos durante o dia e a noite, o pavão, baixando o pescoço e reclinando a cabeça para trás, dará sete ou oito gritos sucessivos, como se essa mensagem fosse aquela que a terra precisa ouvir com mais urgência.

À noite, esses chamados assumem uma clave menor, e o ar de algumas milhas em torno é carregado deles. Já faz tempo desde que deixei meu primeiro pavão pernoitar nos cedros atrás da casa. Agora, quinze ou vinte ainda passam a noite ali, mas o pavão original, de Eustis, Flórida, posta-se em cima do celeiro, o pássaro que perdeu o pé na colhedeira senta-se num abrigo plano perto da cocheira dos cavalos, há outros nas árvores do lago, vários nos carvalhos ao lado da casa, e um que não pode ser dissuadido de empoleirar-se na caixa-d'água. De todos esses lugares, gritos e respostas ecoam pela noite. Talvez o pavão tenha sonhos violentos. Amiúde, ele acorda e grita "Socorro! Socorro!". Então, da lagoa, do celeiro e das árvores em volta da casa, ouço aquele coro de júbilo começar a cantar:

Bruó-ó,
Me-ein, me-ein!
E-ei, e-ei, e-ei!
E-ei, e-ei, e-ei!

O dorminhoco, intranquilo, pode se perguntar se está acordado ou está sonhando.

É difícil contar toda a verdade sobre esse pássaro. Os hábitos de algum filhote sozinho dificilmente seriam notáveis, mas, multiplicados por quarenta, tornam-se uma situação crítica. Eu estava certa de que todos os meus pavõezinhos comeriam ração; eles comem, e comem também tudo o mais. Particularmente, comem flores. Todos os temores de minha mãe se confirmaram. Pavões não só comem flores como as comem sistematicamente, a começar pela ponta da fileira, seguindo adiante. Se não estiverem com fome, colherão a flor do mesmo jeito, se ela for atraente, e a deixarão cair. Como comida em geral, preferem crisântemos e rosas. Quando não estão comendo flores, eles gostam de sentar-se nas floreiras — e, onde um pavão se senta, ele acaba fazendo um buraco. Qualquer buraco de ave está fora do lugar num canteiro de flores, mas o buraco de um pavão, sendo do tamanho de uma cratera, é ainda pior. Quando se enterra, ele quase oculta a visão de si mesmo com areia. Normalmente, quando alguém chega a toda velocidade com o ancinho, não consegue ver nada através da nuvem de sujeira e flores esvoaçantes senão umas poucas penas verdes e um olho radiante de prazer.

Desde o início, as relações entre esses pássaros e minha mãe foram tensas. Ela foi forçada, a princípio, a levantar cedo, de manhã, e sair com suas tesouras para chegar às rosas de Lady Bankshire e Herbert Hoover antes que algum pavão as tivesse comido no café da manhã; agora, ela resolveu parte do problema ao erguer centenas de cercas de arame de vinte e quatro polegadas de altura para proteger os canteiros de flores. Ela insiste em afirmar que os pavões não têm discernimento suficiente para saltar sobre uma cerca baixa. "Se fosse uma cerca alta", diz ela, "eles subiriam nela e depois a saltariam, mas eles não têm discernimento suficiente para pular uma cerca baixa".

É inútil discutir esse assunto com ela. "Não é um desafio", digo a ela. Entretanto, ela já formou sua opinião.

Além de comer flores, pavões também comem frutas, um hábito que gerou uma falta de cordialidade para com eles da parte de meu tio, que ali plantara figueiras porque ele mesmo tem apetite pelos figos. "Tire esses malditos daquela figueira!", ele rugia, levantando-se da cadeira ao som de um galho se quebrando, e às vezes tinha de correr com uma vassoura até onde ficam as figueiras.

Pavões também gostam de voar no sótão dos celeiros e de comer amendoim do feno; isso não os tornou benquistos de nosso leiteiro. Pois, embora gostem mais dos vegetais frescos do jardim, eles às vezes entram em conflito com a esposa do leiteiro.

O pavão gosta de sentar-se nos portões ou nas cercas e de deixar a cauda pendurada. Um pavão sobre uma cerca é uma visão esplêndida. Seis ou sete pavões em cima de um portão é algo que está além da descrição — mas não é muito bom para o portão. Nossas cercas tendem a inclinar-se numa direção ou outra, e todos os nossos portões abrem na diagonal.

Em suma, eu sou a única pessoa ali que está disposta a subscrever, com algo mais que tolerância, a presença dos pavões. Como retribuição, sou abençoada com sua rápida multiplicação. A estimativa de população que anuncio é de quarenta, mas, há algum tempo, não me parece prudente fazer um censo. Antes de eu comprar meus pássaros, disseram-me que pavões são difíceis de criar. Não são, infelizmente. Em maio, a pavoa encontra um ninho em algum canto de cerca e deposita cinco ou seis ovos grandes e coloridos. Uma vez por dia, depois disso, ela solta um grito abrupto — irrá-au! — e os atira do ninho como um foguete. Então, durante meia hora, com o pescoço eriçado e esticado, ela aponta o local, anunciando o que está para acontecer. Ouço isso com um misto de emoções.

Em vinte e oito dias, a pavoa aparece com cinco ou seis pavõezinhos semelhantes a mariposas. O pavão os ignora, a menos que um deles esteja sob os seus pés (então, ele o bica na cabeça até que vá para outro lugar), mas a pavoa é uma mãe atenta, e todo ano uma boa quantidade de filhotes sobrevive. Aqueles que resistem às doenças e aos predadores (ao falcão, às raposas e aos gambás) no inverno parecem impossíveis de destruir, exceto por meio de violência.

Um homem que vendia estacas para cercas certo dia permaneceu em nosso sítio e contou-me que outrora tivera oitenta pavões em seu sítio. Ele lançou um olhar nervoso para dois dos meus pavões que estavam por perto. "Na primavera, não conseguíamos ouvir nem o nosso próprio pensamento", disse ele. "Tão logo alguém levantasse a voz, eles levantavam a deles, se não antes. Todas as nossas cercas estavam bambas. No verão, eles comiam todos os tomates na parreira. As uvas muscadíneas tiveram o mesmo fim. Minha esposa disse que criava as flores para si mesma e não as daria como comida para um frango, pouco importava o tamanho de seu rabo. E, no outono, eles espalhavam penas por toda parte, e dava um trabalhão limpar tudo aquilo. Minha avó estava morando conosco e, à época, tinha 85 anos. Ela disse: "Ou eles vão embora, ou vou eu!".

"Quem foi?", perguntei.

"Ainda temos vinte deles no congelador", o homem respondeu.

"E que gosto eles têm?", perguntei, olhando atentamente para os dois que estavam por perto.

"Como qualquer outra ave", disse ele, "mas prefiro comê-los a ouvi-los".

Tentei imaginar que o pavão que vejo à minha frente é o único que tenho, mas então vem mais um e se junta a ele; outro voa do telhado, quatro ou cinco caem da sebe de resedá; da lagoa, um grita, e do celeiro eu ouço o leiteiro denunciar outro que entrou no cocho. Meus parentes são dados a frases como: "Vamos encarar!".

Não gosto de deixar meus pensamentos se perderem em ideias mórbidas, mas há ocasiões em que coisas como o preço da cerca de arame, o preço da ração e o ganho anual com os pavões, tudo passa descontroladamente por minha cabeça. Ultimamente, tenho um sonho recorrente: tenho cinco anos de idade e sou um pavão. Um fotógrafo foi enviado de Nova York, e uma grande mesa é servida em celebração. A refeição há de ser excepcional: sou eu. Grito: "Socorro! Socorro!". E acordo. Então, da lagoa, do celeiro e das árvores em volta da casa, ouço aquele coro de júbilo começar a cantar:

Me-ein, me-ein!

E-ei, e-ei, e-ei!

E-ei, e-ei, e-ei!

Pretendo permanecer firme e deixar os pavões se multiplicarem, pois tenho certeza de que, no final das contas, a última palavra será deles.

Parte 2

O escritor de ficção e seu país

Entre as muitas reclamações feitas acerca do romance americano moderno, a mais ruidosa, se não a mais inteligente, tem sido a acusação de que ele não fala em nome de seu país. Algum tempo atrás, um editorial da revista *Life* perguntou de modo grandiloquente: "Quem fala em nome da América hoje?", mas não foi capaz de concluir que nossos romancistas, ou ao menos os mais talentosos, o fazem.

A essência do editorial era que, nos últimos dez anos, este país desfrutou de prosperidade sem paralelo, chegou mais perto que qualquer outra nação de criar uma sociedade sem classes e era o país mais poderoso no mundo, mas que nossos romancistas escreviam como se vivessem em caixas de papelão à beira do depósito de lixo enquanto esperavam a admissão num abrigo de indigentes. Em vez disso, o editorial pedia que nos dessem algo que realmente representasse este país e terminava com uma mudança muito suave e sutil para um tom mais elevado, exigindo que o romancista nos mostrasse a qualidade redentora do propósito espiritual, pois dizia que "o que mais falta em nossa vida literária" é "a alegria da vida por si mesma".

Isso foi irritante o suficiente para provocar respostas de muitos críticos, mas não sei se algum dos que responderam consideraram a questão especificamente do ponto de vista do romancista com preocupações cristãs, que, supõe-se, teria um interesse no mínimo igual ao dos editores da *Life* na "qualidade redentora do propósito espiritual".[1]

O que um escritor assim considerará como seu "país"? A palavra normalmente usada pelos literatos nessa relação seria "mundo", mas a palavra "país" serve; de fato, sendo doméstica, servirá melhor, pois é mais sugestiva. Ela sugere tudo, desde a paisagem rural verdadeira que o romancista descreve, passando pelas características peculiares de sua região e nação, até alcançar o seu verdadeiro país, que o escritor com convicções cristãs considerará ser o que é eterno e absoluto. Isso abarca um território considerável e, se se estivesse falando de algum outro tipo de escrita que não a escrita de ficção, talvez tivesse de dizer "países", mas é o ônus peculiar do escritor de ficção ter de criar um país de uma vez por todas e evocar esse país mediante as particularidades concretas de uma vida que ele é capaz de tornar verossímil.

---

[1] Nas palestras, aqui e ali, Flannery O'Connor, muitas vezes, aludia a esse desafio do editorial da *Life*. Uma vez, ela disse: "O que esses escritores de editoriais não percebem é que o escritor que enfatiza valores espirituais muito provavelmente terá a visão mais sombria de tudo o que se vê hoje neste país. Para ele, o fato de que estamos na nação mais rica e poderosa do mundo não quer dizer algo em sentido positivo. Quanto mais aguda a luz da fé, mais gritantes serão as distorções que o escritor vê na vida a seu redor".

Isso, em primeiro lugar, é uma questão de vocação, e vocação é um fator limitante que se estende até mesmo ao tipo de material que o escritor é capaz de apreender imaginativamente. O escritor pode escolher sobre o que escrever, mas não pode escolher aquilo a que é capaz de dar vida, e, tanto quanto lhe diz respeito, uma personagem viva deformada é aceitável e uma personagem inteira morta não o é. O escritor cristão, particularmente, sentirá que qualquer que seja seu dom inicial, este vem de Deus; e não importa quanto o dom seja pequeno, o escritor não está disposto a destruí-lo tentando usá-lo fora de seus próprios limites.

O país com que o escritor está preocupado, evidentemente, do modo mais objetivo, é a região que o circunda mais de perto, ou simplesmente o país, com seu conjunto de costumes, que ele conhece bem o suficiente para empregar. Em geral, sugere-se que o escritor sulista tem alguma vantagem aqui. A maioria dos leitores hoje já deve estar suficientemente cansada de ouvir falar dos escritores sulistas, da escrita sulista e do que muitos dos resenhistas insistem em chamar de "escola sulista". Ninguém jamais esclareceu o que é a escola sulista ou quais escritores pertencem a ela. Às vezes, quando é mais respeitável, parece referir-se a um pequeno grupo de agrários que cresceram em Vanderbilt nos anos de 1920; mas, com mais frequência, o termo evoca uma imagem de monstruosidades góticas e a ideia de uma preocupação com tudo o que é deformado e grotesco. A maioria de nós é considerada, creio, uma infeliz combinação de Poe e Erskine Caldwell.

No mínimo, somos conhecidos como angustiados. Os autores do editorial em questão sugerem que nossa angústia resulta de nosso isolamento do restante do país. Sinto que isso seria uma novidade para a maioria dos escritores sulistas. A angústia que a maioria de nós tem observado há algum tempo foi causada não pelo fato de o Sul estar alienado do restante do país, mas pelo fato de não estar alienado o suficiente, de todos os dias estarmos cada vez mais parecidos com o restante do país, de nos estarem extirpando não só nossos muitos pecados, mas também nossas poucas virtudes. Essa pode ser uma angústia profana, mas é uma angústia de todo modo.

Os costumes têm importância tão grande para o romancista que qualquer tipo servirá. Maus costumes são melhores que nenhum costume, e porque estamos perdendo nossas maneiras costumeiras, provavelmente estamos demasiado conscientes delas; esta parece ser uma condição que produz escritores. No Sul, há mais autores amadores do que rios e riachos. Não é uma atividade que espera o talento. Em quase qualquer aldeia se encontrará pelo menos uma senhorita escrevendo épicos no dialeto negro e provavelmente dois ou três cavalheiros que têm romances históricos impossíveis a caminho. Os bosques estão cheios de escritores regionais, e o grande horror de todo escritor sulista sério é tornar-se um deles.

O próprio escritor provavelmente sentirá que a única forma de evitar tornar-se um deles é examinar sua consciência e observar nossas maneiras violentas, mas desbotadas, à luz de uma preocupação última; outros diriam que o modo de escapar de ser um escritor regional é ampliar a região. Não ser um escritor sulista; ser um escritor americano. Represente este grande país — que "goza de uma prosperidade sem paralelo", que é "a nação mais forte do mundo" e que "produziu uma sociedade quase sem classes". Como, com toda essa prosperidade, essa força e essa sociedade sem classes esfregadas na sua cara, você pode honestamente produzir uma literatura que não deixa evidente a alegria da vida?

O escritor cuja posição é cristã, e provavelmente também o escritor cuja posição não o é, neste ponto começará a perguntar se poderia não haver alguma correlação vergonhosa entre nossa prosperidade sem paralelo e a estridência dessa demanda por uma literatura que nos mostre a alegria da vida. Pode ao menos ser autorizado a perguntar se esses gritos de júbilo seriam tão penetrantes se a alegria fosse realmente mais abundante em nossa sociedade próspera.

O escritor cristão sentirá que, na visão mais profunda, o julgamento moral estará implícito e que, quando somos convidados a representar o país segundo um censo, o que nos pedem é uma separação entre o mistério e os costumes, entre o juízo e a visão, a fim de produzir algo um pouco mais palatável ao temperamento moderno. Pedem-nos que formemos nossa consciência à luz das estatísticas, o que significa instituir o relativo como absoluto. Para muitos, isso pode ser conveniente, visto que não vivemos numa era de crenças arraigadas; mas não pode ser conveniente, aliás não é nem possível, para o escritor católico. Este sentirá que qualquer serviço prolongado a esse relativismo produzirá uma literatura sentimental, disforme e pantanosa, que oferecerá um senso de propósito espiritual para aqueles que relacionam espírito e romantismo e um senso de alegria para aqueles que confundem virtude com satisfação. O contador de histórias está preocupado com aquilo que é; mas, se o que é é o que pode ser determinado por um censo, então os discípulos do Dr. Kinsey e do Dr. Gallup são suficientes para isso.

Na grande ficção, o senso moral do escritor coincide com o senso dramático dele, e não vejo como fazer isso a menos que o julgamento moral seja parte do próprio ato de ver, e o escritor é livre para usá-lo. Ouvi dizer que a crença no dogma cristão é um estorvo para o escritor, mas eu mesma não encontro nada mais distante da verdade. Aliás, o dogma liberta o contador de histórias para observar. Não se trata de um conjunto de regras que determina o que ele vê no mundo; antes, o dogma afeta sua escrita sobretudo ao garantir o respeito ao mistério.

Na introdução a uma coletânea de contos chamada *Rotting Hill*, Wyndham Lewis escreveu: "Se escrevo sobre uma montanha que está apodrecendo, é porque não concordo com a putrefação". A acusação geral contra os escritores agora é que escrevem sobre a podridão porque a amam. Alguns o fazem, e suas obras podem traí-los, mas é impossível não acreditar que alguns escrevem sobre a podridão porque a veem e a reconhecem pelo que é.

Pode-se perguntar, entretanto, por que tanto de nossa literatura é aparentemente carente de um senso de propósito espiritual e de alegria da vida e se as histórias assim carentes são mesmo críveis. A única consciência que tenho para examinar esta matéria é a minha, e quando olho para as histórias que escrevi descubro que, na maioria das vezes, tratam de pessoas que são pobres, aflitas tanto no espírito quanto no corpo, têm tão pouco senso de propósito espiritual — ou, na melhor das hipóteses, um distorcido — e cujas ações aparentemente não dão ao leitor uma grande garantia de alegria da vida.

No entanto, como isto se dá? Pois não sou descrente no propósito espiritual, nem tenho uma crença indefinida. Vejo do ponto de vista da ortodoxia cristã. Isso quer dizer que, para mim, o sentido da vida está centrado em nossa redenção por Cristo, e o que vejo no mundo, vejo-o em sua relação com ela. Não acho que esta seja uma posição que possa ser assumida pela metade ou que nestes tempos seja particularmente fácil de deixar transparecer na ficção.

Alguns podem culpar a preocupação com o grotesco pelo fato de que aqui temos um escritor sulista e que este é o único tipo de imaginação que a vida sulista fomenta. Escrevi várias histórias que de modo algum me parecem ter uma personagem grotesca, mas que foram imediatamente rotuladas como grotescas por leitores não sulistas. Acho difícil acreditar que aquilo que é um comportamento observável numa seção possa ser inteiramente sem paralelo numa outra. Pelo menos, dos últimos, os escritores sulistas tiveram a oportunidade de apontar que nenhum de nós inventou Elvis Presley e que aquela juventude é ela mesma provavelmente menos uma ocasião de preocupação do que sua popularidade, que não se restringe à parte sulista do país. O problema bem pode tornar-se o de achar algo que não seja grotesco e decidir quais padrões empregaríamos no olhar.

Meu sentimento é que, nestes tempos, os escritores que enxergam à luz de sua fé cristã terão os olhos mais agudos para o grotesco, para o perverso e para o inaceitável. Em alguns casos, esses escritores podem ser inconscientemente infectados pelo espírito maniqueísta da época e sofrer da muito discutida disjunção entre sensibilidade e crença, mas acho que, com mais frequência, a razão para essa atenção ao perverso é a diferença entre suas crenças e a crença de seu público. A redenção é sem sentido a menos que haja uma causa para ela na vida real que vivemos, e nos últimos séculos tem agido em nossa cultura a crença secular de que essa causa não existe.

O romancista com preocupações cristãs encontrará na vida moderna distorções que lhe são repugnantes, e seu problema será fazê-las parecerem distorções a um público que está acostumado a vê-las como naturais; e ele bem pode ser forçado a empregar meios ainda mais violentos para comunicar sua visão a esse público hostil. Quando pode presumir que seu público e você comungam das mesmas crenças, você pode relaxar um pouco e usar meios mais normais de falar com ele; quando você tem de presumir que ele não compartilha delas, então tem de tornar sua visão visível pelo choque — aos duros de ouvido você grita, e aos quase cegos você desenha figuras grandes e surpreendentes.

A menos que estejamos dispostos a aceitar nossos artistas como são, a resposta à pergunta "Quem fala pela América hoje?" terá de ser: as agências de publicidade. Elas são inteiramente capazes de mostrar nossa prosperidade sem paralelo e nossa sociedade quase sem classes, e ninguém jamais as acusou de não serem otimistas. Onde ainda se confia no artista não se olhará para ele em busca de segurança. Aqueles que acreditam que a arte procede de uma faculdade saudável do espírito, e não de uma doente, tomarão o que ela lhes mostra como uma revelação, não do que devemos ser, mas do que somos em dado momento e sob certas circunstâncias; ou seja, como uma revelação limitada, mas ainda assim uma revelação.

Quando falamos a respeito do país do escritor, estamos sujeitos a esquecer que não importa que país particular é esse, pois está tanto dentro quanto fora dele. A arte requer um ajuste delicado entre o mundo exterior e o mundo interior de tal maneira que, sem mudar-lhe a natureza, possam ser vistos um através do outro. Conhecer alguém é conhecer-lhe a região. É conhecer o mundo e, também, paradoxalmente, uma forma de exílio desse mundo. O valor do escritor estará perdido, tanto para si mesmo quanto para seu país, tão logo deixe de ver o país como parte de si mesmo, e conhecer alguém é, acima de tudo, saber o que lhe falta. É necessário medir alguém em contraste com a verdade, e não o contrário. O primeiro produto do autoconhecimento é a humildade, e esta não é uma virtude visível em nenhuma personalidade nacional.

São Cirilo de Jerusalém, na instrução aos catecúmenos, escreveu: "O dragão senta-se à beira da estrada, vendo quem passa. Sê atento para que não te devore. Vamos ao pai das almas, mas é necessário passar pelo dragão". Não importa que forma o dragão assuma, as histórias de qualquer profundidade sempre se preocuparão em contar essa passagem misteriosa por ele ou por suas presas, e, sendo esse o caso, será necessária considerável dose de coragem a qualquer momento, em qualquer país, para não se afastar do contador de histórias.

Alguns aspectos do grotesco na ficção sulista

Se há algum valor em ouvir palestras de escritores, acho que este se encontra em ouvir o que eles podem testemunhar, e não aquilo sobre o que podem teorizar. Minha própria abordagem de problemas literários é bem similar à que a governanta cega do Dr. Johnson usava quando servia chá — ela punha o dedo dentro da xícara.

Estes não são tempos em que os escritores neste país podem falar muito bem uns dos outros. Nos anos 1920, havia na Vanderbilt University aqueles que sentiam afinidade suficiente com as ideias uns dos outros para publicar um panfleto chamado *I'll Take My Stand* [Defendo minha posição]. Hoje, cada escritor fala por si, mesmo quando pode não estar certo de que sua obra seja importante o bastante para justificar que aja assim.

Considero que todo escritor, quando fala de sua própria abordagem da ficção, espera mostrar que, em algum sentido profundo e definitivo, é um realista; e, para alguns de nós, para quem os aspectos ordinários da vida diária se mostram de pouco interesse ficcional, isso é bem difícil. Descobri que, se o jovem herói de alguém não pode ser identificado com o rapaz americano médio, ou mesmo com o delinquente americano médio, então seu perpetrador terá uma boa dose de explicações a dar.

A primeira necessidade a confrontá-lo será dizer o que não está fazendo; pois, mesmo que não haja escolas legítimas nas letras americanas hoje, sempre há algum crítico que acabou de inventar uma e que está pronto para colocá-lo nela. Se você é um escritor sulista, este rótulo e todos os mal-entendidos que vêm com ele são aplicados a você de uma vez, e você que se vire para livrar-se dele da melhor maneira que puder. Descobri que, não importa para que propósito peculiar a suas necessidades dramáticas você usa um cenário sulista, o leitor geral ainda considera que você está escrevendo sobre o Sul e o julga pela fidelidade que sua ficção tem para com a vida sulista típica.

Sempre me apontam que a vida na Geórgia de maneira nenhuma é como a retrato, que criminosos fugitivos não perambulam pelas ruas exterminando famílias, nem vendedores de Bíblias vagueiam por aí à procura de moças com pernas de pau.

As ciências sociais lançaram uma praga terrível na abordagem pública da ficção. Quando comecei a escrever, meu *bête noire* particular era aquela entidade mítica, A Escola da Degeneração Sulista. Sempre que ouvia acerca da Escola da Degeneração Sulista, sentia-me como o Compadre Coelho preso pelo Tar-baby.[1] Houve um tempo em que

[1] O Compadre Coelho, ou Coelho Brer, é uma personagem do folclore americano que ficou conhecido pelos livros de Joel Chandler Harris e pelo filme *A Canção do Sul*, da Walt Disney Company. (N. T.)

o leitor médio lia um romance simplesmente pela moral que poderia extrair dele e, por mais ingênuo que pudesse ter sido, era bem menos ingênuo do que alguns dos objetivos mais limitados que ele tem agora. Hoje se considera que os romances estão inteiramente preocupados com as forças sociais, econômicas ou psicológicas que exibirão, por necessidade, ou com aqueles detalhes da vida cotidiana que, para o bem do romancista, são apenas meios para algum fim mais profundo.

Hawthorne conhecia seus próprios problemas e talvez tenha antecipado os nossos quando disse que não escrevia romances, escrevia histórias romanescas. Hoje, muitos leitores e críticos estabeleceram para o romance uma espécie de ortodoxia. Exigem um realismo factual que pode limitar, em vez de ampliar, o escopo do romance. Associam o único material legítimo para uma ficção longa ao movimento das forças sociais, ao típico, à fidelidade à aparência das coisas e a como acontecem na vida normal. Com isso normalmente vem um tratamento substancial daqueles aspectos da existência com que o romancista vitoriano não podia lidar diretamente. Só nas últimas cinco ou seis décadas os escritores ganharam esta suposta emancipação. Esta era uma licença que abria muitas possibilidades para a ficção, mas sempre é um mau dia para a cultura quando se considera geral qualquer liberdade desse tipo. O escritor não tem direito algum senão aqueles que forja para si em sua própria obra. Ficamos tão inundados por uma ficção lamentável baseada em liberdades imerecidas, ou na noção de que a ficção deve representar o típico, que, na mentalidade pública, os tipos mais profundos de realismo são cada vez menos compreensíveis.

O escritor que escreve dentro do que se pode chamar de tradição do romance moderno não pode estar escrevendo romances em todos os aspectos que participam de uma ortodoxia romancística; no entanto, visto que essas obras têm vitalidade, visto que apresentam algo que está vivo, por mais excêntrica que a vida pareça ao leitor geral, é necessário lidar com eles; e estes têm de ser abordados em seus próprios termos.

Quando olhamos para boa parte da ficção moderna séria, e particularmente para a ficção sulista, descobrimos uma qualidade que geralmente é descrita, de modo pejorativo, como grotesca. Claro, percebi que qualquer coisa que venha do Sul será chamada de grotesca pelo leitor do Norte, a menos que seja algo grotesco mesmo, caso em que será chamado de realista. Nesta ocasião, entretanto, podemos deixar esses equívocos de lado e considerar o tipo de ficção que pode ser chamado de grotesco com boa razão, por causa de uma intenção dirigida dessa maneira pelo autor.

Nessas obras grotescas, descobrimos que o escritor deu vida a alguma experiência que não estamos acostumados a observar todos os dias, ou que o homem comum pode jamais experimentar em sua vida comum. Descobrimos que foram ignoradas relações que seriam de esperar no tipo costumeiro de realismo, que há saltos e lacunas estranhos que ninguém que tentasse descrever as maneiras e os costumes teria deixado passar. No entanto, as personagens têm coerência interna, ainda que nem sempre tenham coerência com seu arcabouço social. Suas qualidades ficcionais afastam-se dos padrões sociais típicos e seguem em direção ao mistério e ao inesperado. É esse tipo de realismo que pretendo levar em conta.

Todos os romancistas fundamentalmente buscam e descrevem o real, mas o realismo de cada romancista dependerá de sua visão do alcance último da realidade. Desde o século XVIII, o espírito popular de cada era sucessiva tende mais e mais à visão de que os males e os mistérios da vida, no final, ficarão para trás dos avanços científicos do homem, uma crença que ainda será forte, embora esta seja a primeira geração a enfrentar a extinção total por causa desses avanços. Se o romancista está afinado com esse espírito, se crê que as ações são predeterminadas pela constituição psíquica ou pela situação econômica ou por algum outro fator determinável, então será considerado, acima de tudo, uma reprodução precisa das coisas que mais imediatamente interessam ao homem, com as forças naturais que ele sente controlarem seu destino. Tal escritor pode produzir um grande naturalismo trágico, pois, por sua responsabilidade perante as coisas que vê, ele pode transcender as limitações de sua visão estreita.

Por outro lado, se o escritor acredita que nossa vida é e permanecerá essencialmente misteriosa, se nos considera seres existentes numa ordem criada a cujas leis nós respondemos livremente, então o que ele vê na superfície lhe será de interesse somente na medida em que possa transformá-la numa experiência do mistério em si. Seu tipo de ficção sempre forçará seus próprios limites externos em direção aos limites do mistério, porque, para esse tipo de escritor, o significado de uma história não começa senão numa profundidade em que a motivação adequada, e a psicologia adequada, e as diversas determinações tenham sido esgotadas. Tal escritor estará interessado no que não compreendemos em vez de se interessar por aquilo que entendemos. Estará interessado na possibilidade, não na probabilidade. Estará interessado nas personagens que são forçadas a encontrar o mal e a graça e que agem com uma confiança além de si mesmos — quer saibam claramente a que reagem, quer não. Para a mente moderna, esse tipo de personagem, e seu criador, são típicos Dons Quixotes, lutando contra o que não está lá.

Não gostaria de sugerir que esse tipo de escritor, porque seu interesse está predominantemente no mistério, seja capaz de, em algum sentido, desprezar o concreto. A ficção começa onde começa o conhecimento humano — nos sentidos —, e todo escritor de ficção é limitado por esse aspecto fundamental de seu meio. Creio, no entanto, que o tipo de escritor que estou descrevendo usará o concreto de um modo mais drástico. Seu caminho será muito mais obviamente o caminho da distorção.

Henry James disse que Conrad, em sua ficção, fazia as coisas do modo como via a maioria fazer. Acho que o escritor de ficção grotesca o faz do modo como vê a minoria, porque em sua obra as distâncias são imensas. Ele está procurando uma imagem que conectará, ou combinará, ou encarnará dois pontos; um é um ponto no concreto, o outro é um ponto invisível a olho nu, mas em que crê firmemente, para ele tão real quanto aquele que todos veem.

Não é necessário destacar que a aparência desta ficção será selvagem, que é quase necessário que seja violenta e cômica, por causa das discrepâncias que busca combinar.

Embora o escritor que produz ficção grotesca possa não considerar suas personagens nem um pouco mais anormais do que o homem caído comum o é, seu público as considerará e perguntará — ou, com mais frequência, lhe dirá — por que escolheu trazer à existência almas assim aleijadas. Thomas Mann dizia que o grotesco é o verdadeiro estilo antiburguês, mas acredito que, neste país, o leitor comum conseguiu relacionar o grotesco ao sentimental, pois sempre fala dele de modo favorável, parece associá-lo à compaixão do autor.

Nesses dias, considera-se uma necessidade absoluta que os escritores tenham compaixão. Compaixão é uma palavra que soa bem na boca de qualquer um e sem a qual nenhuma sobrecapa de livro pode funcionar. É uma qualidade que ninguém pode tocar em nenhum sentido crítico exato, de modo que está sempre a salvo para qualquer um usar. Em geral, acho que o que se quer dizer com ela é que o escritor perdoa toda fraqueza humana porque a fraqueza humana é humana. O tipo de compaixão nebulosa agora exigida do escritor torna difícil que ele seja anti-qualquer-coisa. Decerto, quando o grotesco é usado de modo legítimo, os julgamentos moral e intelectual implícitos nele terão precedência sobre o sentimento.

Na escrita americana do século XX, houve um grande volume de literatura grotesca que veio da vanguarda e supostamente era engraçada; mas nossas personagens grotescas atuais, embora possam ser cômicas, ao menos não o são em primeiro lugar. Parecem trazer consigo uma carga invisível; seu fanatismo é uma crítica, não mera excentricidade. Creio que surgem de uma visão profética peculiar a qualquer romancista cujas preocupações venho descrevendo. No caso do romancista, a profecia é uma questão de ver coisas próximas com sua extensão de significado e, assim, de ver de perto coisas distantes. O profeta é um realista das distâncias, e é esse tipo de realismo que se encontra nos melhores exemplos do grotesco.

Sempre que me perguntam por que os escritores sulistas em particular têm a tendência de escrever sobre esquisitões, digo que é porque ainda somos capazes de reconhecê-los. Para ser capaz de reconhecer um esquisitão, é necessário ter alguma concepção do homem todo, e no Sul a concepção geral de homem ainda é, principalmente, teológica. Esta é uma afirmação ampla, e é perigoso fazê-la, pois quase qualquer coisa que se diga sobre a crença sulista pode ser negada na próxima respiração com igual propriedade. Mas, abordando o assunto do ponto de vista do escritor, acho que é seguro dizer que, embora o Sul dificilmente seja cristocêntrico, com toda a certeza é assombrado por Cristo. O sulista, que não está convencido disso, tem muito medo de que possa ter-se formado à imagem e semelhança de Deus. Os fantasmas podem ser bem ardentes e instrutivos. Lançam sombras estranhas, particularmente em nossa literatura. Em todo caso, é quando o esquisito pode ser sentido como uma figura de nosso desterro essencial que ele atinge alguma profundidade na literatura.

Há outra razão na situação do Sul que resulta numa tendência ao grotesco, e esta é a prevalência dos bons escritores sulistas. Acho que o escritor é inicialmente determinado mais pela literatura que pela vida. Quando há muitos escritores empregando as mesmas expressões, todos observando mais ou menos o mesmo cenário social, um escritor em particular terá de ficar mais atento que nunca para não fazer mal algo que já foi feito com perfeição. A presença única de Faulkner em nosso meio faz uma grande diferença no que o escritor pode e não pode permitir-se fazer. Ninguém quer sua mula e sua carroça empacadas no mesmo trilho em que *Dixie Limited* está rugindo.[2]

---

[2] *Dixie Limited* é um trem que atravessa o estado da Geórgia, faz poucas paradas e opera em maior velocidade. É também um serviço mais caro e, por isso, *limitado*. Segundo Joseph R. Millichap, "a imagem [de O'Connor] capta um exemplo universal da angústia da influência, em que o expresso do mestre ameaça destruir o calhambeque do aprendiz [...]. O significado torna-se especificamente sulista nas referências regionais dos veículos contrastados. As carroças persistiam como modo de transporte do campo para a cidade no Sul do século XX, enquanto a transição para a locomotiva a vapor representava as mudanças culturais que engendraram o Renascimento Sulista". Joseph R. Millichap, *Dixie Limited: Railroads, Culture, and the Southern Renaissance*. Lexington, The University Press of Kentucky, 2002, p. 2-3. (N. T.)

De todos os lados, o escritor sulista é forçado a fazer os olhos fixarem-se para além da superfície, além dos meros problemas, até que toque aquele reino que é a preocupação de profetas e poetas. Quando disse que escrevia histórias romanescas, Hawthorne estava tentando, com efeito, preservar para a ficção um pouco de sua liberdade de determinismos sociais e conduzi-la na direção da poesia. Acho que essa tradição do romance-romanesco misterioso e desagregador combinou com a tradição cômico-grotesca e com as lições que todos os escritores aprenderam dos naturalistas, para prevenir ao menos por algum tempo que nossa literatura sulista se torne o tipo de coisa que o Sr. Van Wyck Brooks desejava quando disse que esperava que nossa próxima fase literária restaurasse aquela literatura central que combina o grande tema dos escritores convencionais com a perícia técnica transmitida pelos novos críticos, e que assim restauraria a literatura como espelho e guia para a sociedade.

Para o tipo de escritor que venho descrevendo, uma literatura que espelhe a sociedade não lhe seria um guia adequado, e alguém que conseguisse, por pura arte, fazer essas duas coisas teria de recorrer a meios mais violentos do que temas convencionais e mera perícia técnica.

Não estamos vivendo num período em que o realista das distâncias é compreendido ou considerado, ainda que esteja na tradição dominante das letras americanas. Sempre que se ouve o público, ouve-se a exigência de uma literatura que seja equilibrada e que, de algum modo, cure a devastação de nossa época. Em nome da ordem social, do pensamento liberal e às vezes até do cristianismo, pede-se que o romancista seja o criado de sua era.

Cheguei a pensar nesse criado como muito semelhante ao carregador negro que derrubou a mala de roupas de Henry James numa poça quando este estava deixando o hotel em Charleston. James, então, foi obrigado a sentar-se na carruagem cheia com a pasta sobre os joelhos. Por todo o Sul, o pobre homem foi servido de modo ignóbil, e depois disso ele escreveu que nossos empregados domésticos eram as últimas pessoas do mundo que deveriam ser empregadas como eram, pois, por natureza, eram inadequadas para isso. O caso é o mesmo com o romancista. Quando lhe dão a função de criado, ele derruba a bagagem de poça em poça.

O romancista deve ser caracterizado não por sua função, mas por sua visão, e devemos lembrar-nos de que essa visão tem de ser transmitida e que as limitações e pontos cegos de seu público definitivamente serão afetados pelo modo como ele é capaz de mostrar o que vê. Esta é outra coisa que, nestes tempos, aumenta a tendência ao grotesco na ficção.

Os escritores que falam com sua época e em nome dela são capazes de fazê-lo com muito mais tranquilidade e graça do que aqueles que falam contra as atitudes predominantes. Certa vez recebi uma carta de uma senhora da Califórnia que me informava de que, quando volta para casa à noite, o leitor cansado deseja ler algo que lhe eleve o coração. E parece que o coração dela não se elevou com nenhuma das minhas obras que ela leu. Acho que, se o coração dela estivesse no lugar certo, ele se teria elevado.

Você pode dizer que o escritor sério não tem de se incomodar com o leitor cansado, mas ele o faz porque todos estão cansados. Uma senhora que quer que seu coração se eleve não seria algo tão ruim, mas multiplique-a cento e cinquenta mil vezes e o que você terá é um clube do livro. Eu costumava pensar que seria possível escrever para uma suposta elite, para as pessoas que frequentaram universidades e às vezes sabem ler, mas descobri que, embora você possa publicar histórias na *Botteghe Oscure*,[3] se tiverem algum valor, você, enfim, receberá uma carta de alguma senhora da Califórnia, ou de algum recluso da Penitenciária Federal, ou do hospício estatal, ou do albergue de indigentes local, contando-lhe que você não atendeu às necessidades deles.

E a necessidade deles, claro, é ser elevado. Há algo em nós, como contadores e como ouvintes de histórias, que exige um ato redentor, que exige que ao que cai pelo menos seja oferecida a chance de ser restaurado. O leitor de hoje procura esse movimento, e com razão, mas o que ele esqueceu foi o custo disso. Seu senso do mal está inteiramente diluído ou carente, e assim ele se esqueceu do preço da restauração. Quando lê um romance, quer ou que seus

[3] *Botteghe Oscure* era um jornal literário publicado e editado em Roma por Marguerite Caetani de 1948 a 1960. Nos Estados Unidos, era distribuído pela Farrar, Straus & Young. (N. T.)

sentidos sejam atormentados ou que seu espírito seja elevado. Quer ser transportado, instantaneamente, ou a uma danação simulada ou a uma inocência falsa.

Muitas vezes me dizem que o modelo de equilíbrio para o romancista deveria ser Dante, que dividiu seu território bem uniformemente entre inferno, purgatório e paraíso. Não pode haver objeção a isso, mas também não pode haver nenhuma razão para supor que o resultado de fazer isso nestes tempos nos dará o retrato equilibrado que deu no modelo de Dante. Dante viveu no século XIII, quando esse equilíbrio era alcançado na fé de sua época. Vivemos agora numa era que duvida tanto do fato quanto do valor, que é levada de um lado para o outro por convicções momentâneas. Em vez de refletir o equilíbrio do mundo ao seu redor, o romancista agora tem de alcançar um mundo a partir de um equilíbrio sentido dentro de si mesmo.

Não há ortodoxia literária que possa ser prescrita como estável para o escritor de ficção, nem mesmo a de Henry James, que equilibrava os elementos do realismo tradicional e das histórias romanescas de modo tão admirável em cada um de seus romances. Mas isso é tudo que pode ser dito. Os grandes romances que teremos no futuro não serão aqueles que o público pensa que quer ou aqueles que a crítica exige. Serão o tipo de romance que interessa ao romancista. E os romances que interessam ao romancista são aqueles que ainda não foram escritos. São aqueles que lhe fazem as maiores exigências, que requerem que ele opere no máximo de sua inteligência e de seus talentos, e seja verdadeiro perante as particularidades de sua vocação. A direção de muitos de nós será mais a poesia que o romance tradicional.

O problema para tal romancista será saber quanto ele pode distorcer sem destruir, e, para não destruir, ele terá de mergulhar em si mesmo o suficiente para alcançar aquelas fontes subterrâneas que dão vida à sua obra. Essa descida a si mesmo, ao mesmo tempo, será uma descida em sua região. Será uma descida pelas trevas do familiar num mundo em que, como o cego curado nos evangelhos, vê os homens como se fossem árvores, mas que andam. Este é o início da visão, e sinto que é uma visão que nós, no Sul, devemos pelo menos tentar compreender se quisermos participar da continuação de uma literatura sulista vital. Odeio pensar que em vinte anos os escritores sulistas também podem estar escrevendo acerca de homens de terno de flanela cinza e podem ter perdido a capacidade de ver que esses cavalheiros são ainda mais esquisitos do que aqueles sobre os quais escrevemos agora. Odeio pensar no dia em que o escritor sulista estará satisfeito com o leitor cansado.

O escritor regional

(Na recepção do prêmio Scroll da Associação dos Escritores da Geórgia, que ela recebeu por seu romance The Violent Bear It Away [O Céu é Dos Violentos].*)*

Estou feliz por receber este prêmio. Na verdade, estou feliz exatamente por saber que alguém se lembra de meu livro dois anos depois de publicado e pode citar-lhe o nome de cabeça. Passei por maus bocados com o título desse livro. Sempre o chamam de *The Valiant Bear It Always* [*Os Valentes Sempre o Merecem*], *The Violets Bloom Away* [*As Violetas Florescem*] e, recentemente, um amigo meu foi a uma livraria procurar um exemplar de meus contos e me falou que o vendedor disse: "Não temos este, mas temos outro livro dessa autora. Chama-se *The Bear That Ran Away With It* [*O Urso Que Fugiu Com Ele*]!".

De todo modo, o urso está feliz por conseguir um desses pergaminhos.[1] Creio que por razões puramente humanas, e por algumas razões literárias importantes

[1] A autora brinca com o nome do prêmio, Scroll, que quer dizer pergaminho, e com o erro do livreiro ao mencionar o título de seu livro: *The Bear That Ran Away With It* [O urso que fugiu com ele]. (N. T.)

também, o valor de um prêmio é diretamente proporcional à proximidade de casa.

Lembro-me de que, na última vez em que falei à Associação de Escritores da Geórgia, a ideia central de minha palestra era que ser um autor da Geórgia é uma dignidade enganosa, da mesma ordem que, para um porco, é ser um presunto Talmadge. Ainda acho que aquela abordagem tem mérito, particularmente onde há risco de a parte da Geórgia na equação superar a parte do escritor. Na ocasião, a moral de minha palestra era que um porco é um porco, não importa quem o ofereça. Não gosto de dizer a mesma coisa duas vezes ao mesmo público, mas ao longo dos anos percebi que, em temas como esse, uma ligeira mudança de ênfase pode produzir uma versão totalmente diferente, sem ameaçar a verdade da anterior.

Felizmente, a obra do escritor da Geórgia muitas vezes pertence àquela categoria mais ampla e mais significativa, a literatura sulista, e é de fato acerca desta que tenho algo a dizer. Há um mito a respeito dos escritores que sempre considerei pernicioso e insincero — o mito do "escritor solitário", o mito de que escrever é uma ocupação solitária, que envolve muito sofrimento porque, supostamente, o escritor vive num estado de sensibilidade que o isola da comunidade a seu redor, ou o eleva acima dela, ou o joga para baixo dela. Este é um clichê comum, provável remanescente do período romântico e da ideia do artista como *sofredor* e *rebelde*.

É provável que qualquer arte não executada em coro tenha alguma medida de romantização, mas parece-me particularmente ruim fazer isso aos escritores, e sobretudo aos escritores de ficção, porque estes se ocupam da mais doméstica, mais concreta e mais *irromantizável* das artes. Suponho que haja romancistas genuinamente solitários e sofredores para fazer isso parecer um mito razoável, mas há todas as razões para supor que tais casos são o resultado das qualidades menos admiráveis desses autores, qualidades que não têm nada a ver com a vocação da escrita em si.

A menos que o romancista tenha claramente perdido a cabeça, seu objetivo ainda é a comunicação, e a comunicação sugere falar dentro de uma comunidade. Uma das razões por que a ficção sulista floresce é que nossos melhores escritores são capazes de fazer isso. Não são alienados, não são artistas sofredores e solitários suspirando por ar puro. O escritor sulista aparentemente sente a necessidade de expatriação menos que os outros escritores neste país. Ademais, quando de fato sai e fica fora, o faz com grande risco àquele equilíbrio entre o princípio e o fato, entre o juízo e a observação, que é tão necessário manter se a ficção há de ser verdadeira. A imaginação isolada é facilmente corrompida pela teoria, mas é raro que o escritor inserido na comunidade tenha esse problema.

Chamar-se escritor georgiano é decerto declarar uma limitação, mas de tal ordem que, como todas as limitações, é um acesso à realidade. É uma grande bênção, talvez a maior bênção que um escritor pode ter, encontrar em casa aquilo que os demais têm de ir buscar alhures. Faulkner estava em casa em Oxford; a Sra. Welty normalmente está "localmente subordinada", como diz ela, em Jackson; o Sr. Montgomery, seu homem-poesia aqui, é membro do Departamento de Bombeiros Voluntários de Crawford, e a maioria de vocês, eu mesma e muitos outros somos sustentados em nossa escrita pelo local, particular e familiar, sem perder nossos princípios ou nossa razão.

Eu não gostaria de sugerir que o escritor da Geórgia tem o ouvido coletivo, unânime, de sua comunidade, mas apenas que seu verdadeiro público, o público com que ele se mede, está em casa. Há uma história acerca de Faulkner de que gosto muito. Pode ser apócrifa, mas é interessante mesmo assim. Diz-se que uma senhorita local o abordou numa farmácia em Oxford e disse: "Oh, Sr. Faulkner, Sr. Faulkner, acabei de comprar seu livro! Mas, antes que o leia, quero que me diga uma coisa: o senhor acha que vou gostar dele?". E Faulkner teria dito: "Sim, acho que vai gostar do livro. É um lixo!".

Não era um lixo, e ela provavelmente não gostou, mas outros gostaram, e vocês podem ter certeza de que, se houver mais dois ou três em Oxford que tenham gostado, dois ou três com inclinação honesta e despretensiosa, que o saborearam como saboreariam uma boa refeição, eram um público mais desejável a Faulkner do que todos os críticos de New York City. Pois não importa o quanto todos críticos de New York City sejam favoráveis, eles são um grupo suspeito, tão incapazes hoje quanto no dia em que nasceram de interpretar a literatura sulista para o mundo.

Felizmente para o escritor sulista, o público do Sul está se tornando cada vez maior e mais responsivo à escrita sulista. No século XIX, os escritores sulistas reclamavam muitíssimo da falta de atenção que recebiam em casa e, em boa parte deste século, reclamaram intensamente da qualidade dela, pois na melhor das hipóteses os escritores sulistas foram por muito tempo ignorados pelo sulista médio. Quando fui para a faculdade, vinte anos atrás, ninguém mencionava para mim nenhum bom escritor sulista posterior a Joel Chandler Harris, e os mencionados antes de Harris, com exceção de Poe, não eram muito conhecidos fora da região. Até onde sei, os heróis de Hawthorne, Melville, James, Crane e Hemingway equilibravam-se do lado sulista pelo Br'er Rabbit [O Compadre Coelho] — um animal que sempre pode erguer a ponta de seu cajado, em igual companhia, mas aqui se esperava demais dele.

Hoje, qualquer faculdade sulista que se preze tem um festival de artes em que os escritores sulistas podem ser ouvidos e em que são de fato lidos e comentados, e as pessoas em geral veem agora que o tipo de escritor sulista sério já não é alguém que sai de casa e não volta mais, ou alguém que fica e não é muito valorizado, mas alguém que é parte daquilo sobre o que escreve e é reconhecido como tal.

Tudo isso parece bom, mas, embora venha acontecendo, outro fundamento vem mudando sob nossos pés. Li algumas histórias numa das faculdades [por que passei] não muito tempo atrás — todas de sulistas —, mas, com exceção de uma, todas bem podiam ter-se originado num lugar sintético que podia ser qualquer lugar ou lugar nenhum. Essas histórias não foram influenciadas pelo mundo exterior de maneira alguma, apenas pela televisão. Foi uma visão macabra do futuro. E a história diferente era de um pseudossulista, tão ruim quanto os demais, se não pior, e um indício do mesmo problema básico.

Tenho uma amiga de Wisconsin que se mudou recentemente para Atlanta e comprou uma casa no subúrbio. O homem que a vendeu era de Massachusetts; ele recomendou a propriedade dizendo: "Você vai gostar desta vizinhança. Não há um sulista num raio de três quilômetros, mais ou menos...". Pelo menos podemos ser identificados quando estamos presentes.

A situação atual do Sul é daquelas em que nada pode ser considerado natural, em que nossa identidade é obscura e duvidosa. No passado, as coisas que a muitos pareciam fazer de nós o que somos eram muito óbvias, mas agora quantidade alguma de nostalgia pode fazer-nos acreditar que nos caracterizarão por muito mais tempo. Os profetas já ouviram falar que em vinte anos não haverá algo que possa ser chamado de literatura sulista. Será irônico de fato se o escritor sulista tiver descoberto que pode viver no Sul e que o público sulista só se tornou consciente de sua literatura bem na hora de descobrir que ser sulista é relativamente sem sentido, e que logo fará pouquíssima diferença no produto final ser um escritor da Geórgia ou um escritor de Hollywood, Califórnia.

É nestes termos que a parte da Geórgia de ser um escritor georgiano tem algum significado positivo.

Não é uma questão de cor local, por assim dizer; não é uma questão de perder nossa peculiaridade. A identidade sulista não está realmente ligada a pássaros-das-cem-línguas, biscoitos batidos e colunas brancas mais do que está a lombrigas, pés descalços e estradas lamacentas. Nem é necessariamente mostrada nas palhaçadas de nossos políticos, pois o desenvolvimento do poder obedece a leis estranhas. Não se pode encontrar uma identidade na superfície; não é acessível ao recenseador; não é algo que possa tornar-se um clichê. Não é feita da média comum ou típica, mas do oculto e, muitas vezes, do mais extremo. Não é feita do que passa, mas daquelas qualidades que permanecem, independentemente do que passa, porque estão relacionadas à verdade. Encontra-se no mais profundo. Em sua totalidade, é conhecida apenas por Deus; no entanto, entre os que a procuram, ninguém chega tão perto quanto o artista.

A melhor ficção americana sempre foi regional. O predomínio passou grosseiramente da Nova Inglaterra ao Meio-Oeste e ao Sul; passou e ficou por muito tempo, sempre que houvesse um passado compartilhado, um senso de semelhança e a possiblidade de ler uma pequena história com uma luz universal. Nessas coisas, o Sul ainda tem um grau de vantagem. É sutil e vem ficando ainda mais, porém é um grau de afeto bem como de intensidade; e é suficiente para alimentar a grande literatura se nosso povo — quer sejam recém-chegados, quer tenham raízes aqui — estiver ciente o bastante para promover seu crescimento por si mesmo.

Todo escritor sério porá o dedo nessa ferida num ponto ligeiramente diferente, mas na mesma região de sensibilidade. Quando Walker Percy ganhou o National Book Award, os jornalistas lhe perguntaram por que havia tantos escritores sulistas bons, e ele respondeu: "Porque perdemos a guerra". Ele não quis dizer com isso, simplesmente, que perder uma guerra é um bom tema. O que ele estava dizendo era que tivemos nossa queda. Entramos no mundo moderno com um conhecimento indelével das limitações humanas e com um senso de mistério que não poderia ter-se desenvolvido em nosso primeiro estado de inocência — como não se desenvolveu suficientemente no restante do país.

Nem toda guerra perdida teria esse efeito em toda sociedade, mas fomos duplamente abençoados, não só em nossa queda, mas também por termos os meios de interpretá-la. Por trás de nossa própria história, aprofundando-a a cada ponto, há outra história. Mencken chamava o Sul de Cinturão da Bíblia, com desprezo e, portanto, com uma inocência inacreditável. No Sul, temos, ainda que de forma atenuada, uma visão da face de Moisés enquanto ele destruía nossos ídolos. É este conhecimento que faz o escritor da Geórgia diferente do escritor de Hollywood ou de Nova York. É o conhecimento que o romancista encontra em sua comunidade. Quando deixa de encontrá-lo ali, ele deixa de escrever ou, no mínimo, deixará de escrever algo duradouro. O escritor opera numa encruzilhada peculiar em que tempo, espaço e eternidade de algum modo se encontram. O problema é encontrar esse lugar.

Parte 3

A natureza e o objetivo da ficção

Sei que este curso se chama "Como escreve o escritor" e que, a cada semana, vocês são expostos a um escritor diferente que discorre sobre o assunto. O único paralelo disso em que consigo pensar é que o zoológico venha até vocês, um animal de cada vez; e desconfio que o que vocês ouvem da girafa numa semana é contradito na semana seguinte pelo babuíno.

Ao pensar no que devo dizer-lhes nesta noite, meu problema foi interpretar um título como este: "Como escreve o escritor". Em primeiro lugar, não há algo como o escritor, e acho que, se vocês não sabem disso agora, deverão saber quando um curso como este estiver terminado. De fato, prevejo que esta é a única coisa de que vocês podem ter certeza absoluta de aprender.

Mas há uma curiosidade bastante difundida acerca de escritores e de como eles trabalham e, quando um escritor fala desse assunto, sempre há equívocos e entulho mental por retirar antes que consiga enxergar sobre o que quer falar. Não sou, é claro, tão ingênua quanto pareço. Bem sei que pouquíssimas pessoas supostamente interessadas em escrever estão interessadas em escrever bem.

Estão interessadas em publicar algo e, se possível, lavar a égua. Estão interessadas em ser escritor, não em escrever. Estão interessadas em ver o próprio nome na capa de algum impresso, não importa o quê. E parecem sentir que isso pode realizar-se ao aprenderem certas coisas sobre hábitos de trabalho, sobre mercados e sobre quais temas são aceitáveis atualmente.

Se é nisso que vocês estão interessados, não lhes serei de grande utilidade. Sinto que os hábitos exteriores do escritor serão orientados pelo senso comum ou pela falta dele e por circunstâncias pessoais, e estas raramente serão semelhantes em dois casos. O que interessa ao escritor sério não são os hábitos exteriores, mas o que Maritain chama de "o hábito da arte"; ele explica que "hábito" nesse sentido significa certa qualidade ou virtude da mente. O cientista tem o hábito da ciência; o artista, o hábito da arte.

Agora, acho melhor fazer uma pausa e explicar como estou usando a palavra arte. Arte é uma palavra que imediatamente assusta, como se fosse um pouco grandiosa demais. Mas tudo o que quero dizer com arte é escrever algo que tenha valor em si mesmo e que funcione em si mesmo. A base da arte é a verdade, tanto na matéria quanto na forma. A pessoa que almeja a arte em sua obra almeja a verdade, num sentido imaginativo, não mais nem menos. Santo Tomás disse que o artista está preocupado com o valor daquilo que é feito; e essa há de ser a base de minhas poucas palavras sobre o tema da ficção.

Vocês verão que esse tipo de abordagem elimina muitas coisas da discussão. Elimina preocupações com a motivação do escritor, exceto na medida em que esta encontra seu lugar na obra; elimina qualquer preocupação com o leitor em sentido mercadológico; e também elimina aquela controvérsia tediosa que sempre surge entre pessoas que declaram que escrevem para se expressar e aqueles que escrevem para, se possível, encher os bolsos.

Quanto a este ponto, sempre penso em Henry James. Não conheço nenhum outro escritor mais ávido por dinheiro do que James ou que fosse um artista mais consciencioso. É verdade que estes são tempos em que as recompensas financeiras por textos lamentáveis são muito maiores do que para a boa escrita. Há certos casos em que, se se aprender a escrever apenas de modo deficiente, pode-se obter uma boa quantia em dinheiro. Mas não é verdade que, escrevendo bem, não se consegue nem mesmo ser publicado. É verdade que, se quiserem escrever bem e viver bem ao mesmo tempo, será melhor conseguir uma herança ou casar-se com um corretor da bolsa ou com uma mulher rica que soubesse datilografar. Em todo caso, se você escreve para ganhar dinheiro, ou para expressar sua alma, ou para garantir os direitos civis, ou para irritar sua avó, será um problema seu e de seu analista; o ponto de partida desta discussão será o valor da obra escrita.

O tipo de obra escrita de que falarei são as histórias, porque é o único tipo sobre o qual sei alguma coisa. Chamo de história a ficção de qualquer tamanho, seja um romance ou uma peça menor, e chamarei de história qualquer coisa em que personagens específicas e acontecimentos influenciem-se mutuamente para formar uma narrativa significativa. Descobri que a maioria das pessoas sabe o que é uma história até que se sentem para escrever uma. Então, encontram-se escrevendo um esboço entremeado por um ensaio, ou um ensaio entremeado por um esquete, ou um editorial com uma personagem, ou uma ficha clínica com uma moral, ou alguma outra coisa misturada. Quando percebem que não estão escrevendo histórias, concluem que o remédio é aprender algo a que se referem como a "técnica do conto" ou "a técnica do romance". Técnica, na mente de muitos, é algo rígido, algo como uma fórmula que se impõe sobre o material; mas, nas melhores histórias, é algo orgânico, algo que cresce a partir do material e, sendo esse o caso, é diferente para cada história de qualquer tipo que já foi escrito.

Acho que temos de começar a pensar nas histórias num nível muito mais fundamental, de modo que quero falar de uma qualidade da ficção que considero o menor denominador comum — o fato de que é concreta — e de umas poucas qualidades que se seguem daí. Com isso, ocupar-nos-emos do leitor em seu sentido humano fundamental, porque a natureza da ficção é, em grande medida, determinada pela natureza de nosso aparato perceptivo. O início do conhecimento humano se dá por meio dos sentidos, e o escritor de ficção começa onde começa a percepção humana. Ele apela aos sentidos, e não se pode apelar aos sentidos com abstrações. É muito mais fácil para a maioria das pessoas afirmar uma ideia abstrata do que descrever e então recriar algum objeto que realmente veem. Contudo, o mundo do escritor de ficção é pleno de matéria, e é isso que os escritores de ficção iniciantes são muito avessos a criar. Estão preocupados sobretudo com ideias e emoções desencarnadas. Estão aptos a ser reformadores e querem escrever porque estão possuídos não por uma história, mas pelos ossos secos de alguma noção abstrata. Estão conscientes dos problemas, não das pessoas; das perguntas e dos temas, não da textura da existência; dos estudos de caso e de tudo que tem uma marca sociológica, e não de todos os detalhes concretos da vida que tornam real o mistério de nossa posição na Terra.

Os maniqueus separavam espírito e matéria. Para eles, todas as coisas materiais eram más. Buscavam o espírito puro e tentavam aproximar-se do infinito diretamente, sem nenhuma mediação da matéria. Esse também é em grande medida o espírito moderno, e, para a sensibilidade infectada por ele, a ficção é difícil de escrever, se não impossível, porque é uma arte muito encarnacional.

Um dos espetáculos mais comuns e mais tristes é o de uma pessoa de sensibilidade realmente apurada e de percepção psicológica arguta tentando escrever ficção usando apenas essas qualidades. Esse tipo de escritor redigirá uma sentença intensamente emocional ou muitíssimo perceptiva após outra, e o resultado será uma completa estupidez. O fato é que os materiais do escritor de ficção são os mais humildes. A ficção trata de tudo que é humano, e somos feitos de pó; se você rejeita esta condição, então não deveria tentar escrever ficção. Não é um trabalho grandioso o bastante para você.

Agora, quando finalmente põe essa ideia na cabeça e em seus hábitos, o escritor de ficção começa a perceber o quanto escrever ficção é um trabalho pesado. Uma dama que escreve, e a quem admiro muito, escreveu-me que aprendera com Flaubert que são necessários no mínimo três golpes sensoriais ativos para tornar real um objeto; e ela acredita que isso está relacionado com o fato de termos cinco sentidos. Se você está privado de um deles, está num mau caminho, mas, se está privado de mais de dois ao mesmo tempo, você quase nem está presente.

Todas as sentenças em *Madame Bovary* poderiam ser examinadas com espanto, mas há uma em particular que sempre me faz parar de tanta admiração. Flaubert acaba de mostrar-nos Emma ao piano enquanto Charles a observa. Diz ele: "Ela batia as teclas com aprumo, e percorria de alto a baixo todo o teclado sem se interromper. Assim sacudido por ela, o velho instrumento, cujas cordas vibravam, fazia-se ouvir até os confins da aldeia quando a janela estava aberta, e muitas vezes o bedel do tabelião, que passava pela estrada principal, sem chapéu e de chinelos, parava para ouvi-la, com a folha de papel na mão".

Quanto mais você olha uma sentença como essa, mais pode aprender com ela. Numa das pontas, estamos com Emma, e este é um instrumento muito sólido, "cujas cordas vibravam"; na outra ponta, ela atravessa a vila com esse bedel do tabelião de chinelos. Quanto ao que acontece a Emma no restante do romance, podemos pensar que não faz diferença que o instrumento tenha cordas vibrantes ou que o bedel calçasse chinelos e tivesse uma folha de papel na mão, mas Flaubert tinha de criar uma vila verossímil para colocar Emma. É sempre necessário lembrar que o escritor de ficção está muito menos imediatamente preocupado com ideias grandiosas e fortes emoções do que com calçar chinelos num bedel.

Ora, é claro que isso é algo que algumas pessoas aprendem apenas para abusar. Esta é a razão por que o naturalismo é um fim mortal na ficção. Numa obra estritamente naturalista, o detalhe está lá porque é natural à vida, não porque é natural à obra. Numa obra de arte, podemos ser extremamente literais sem ser no mais mínimo um naturalista. A arte é seletiva, e sua veracidade é a veracidade do essencial que cria movimento.

O romance trabalha por um acúmulo mais lento de detalhes do que os contos. O conto requer procedimentos mais drásticos do que o romance porque tem de fazer mais em menos espaço. Os detalhes têm de carregar mais peso imediato. Na boa ficção, certos detalhes tenderão a acumular significado a partir da própria história e, quando isso acontece, tornam-se simbólicos na ação.

A palavra *símbolo* assusta a muita gente, assim como a palavra arte. Parecem sentir que um símbolo é algo misterioso inserido arbitrariamente pelo escritor para amedrontar o leitor comum — um tipo de garra literária maçônica voltada apenas aos iniciados. Parecem pensar que é um modo de dizer algo que não se está dizendo realmente, e assim, se chegam a ler um uma obra supostamente simbólica, tratam-na como se fosse um problema de álgebra. Encontre x. E, quando encontram ou pensam ter encontrado essa abstração, x, partem com um sentimento de satisfação e com a noção de que "compreenderam" a história. Muitos estudantes confundem o *processo* de compreender uma coisa com a própria compreensão dela.

Acho que, para o próprio escritor de ficção, os símbolos são algo que ele simplesmente usa com naturalidade. Vocês podem dizer que esses são detalhes que, embora tenham seu lugar essencial no nível literal da história, operam na profundidade assim como na superfície, ampliando a história em todas as direções.

Acho que o modo de ler um livro está em sempre ver o que acontece, mas, num bom romance, sempre acontece mais do que somos capazes de absorver de uma vez, acontece mais do que tocam os olhos. A mente é conduzida pelo que vê a grandes profundezas que os símbolos do livro naturalmente sugerem. É isso que se quer dizer quando os críticos afirmam que um romance opera em diversos níveis. Quanto mais verdadeiro o símbolo, mais fundo ele o leva e mais significado se revela. Para pegar um exemplo de meu próprio livro, *Sangue Sábio*, o automóvel cinza-rato do herói é seu púlpito e seu caixão assim como algo que ele pensa ser um meio de escape. Ele está equivocado em pensar que é um meio de fuga, claro, e não escapa realmente de seu apuro até que o carro seja destruído pelo policial. O carro é um tipo de símbolo da morte em vida, assim como a cegueira é um símbolo da vida na morte. O fato de tais significados estarem ali torna o livro significativo. O leitor pode não os ver, mas eles exercem seu efeito de todo modo. É assim que o romancista moderno submerge, ou oculta, seu tema.

O tipo de visão que o escritor de ficção precisa ter ou desenvolver a fim de ampliar o significado de sua história é a chamada visão anagógica, o tipo de visão capaz de enxergar diferentes níveis de realidade numa imagem ou numa situação. Os comentadores medievais das escrituras identificaram três tipos de significado no nível literal do texto sagrado: a um chamaram de alegórico, em que um fato aponta para outro; a outro chamaram de tropológico, ou moral, relacionado com o que deveria ser feito; e ao terceiro chamaram de anagógico, que tinha a ver com a vida divina e com a nossa participação nela. Embora este seja um método aplicado à exegese bíblica, era também uma atitude perante toda a criação e um modo de ler a natureza que incluía muitas possibilidades; acho que é essa visão ampliada do cenário humano que o escritor de ficção tem de cultivar se pretende escrever histórias que tenham alguma chance de tornar-se parte permanente de nossa literatura. Parece um paradoxo que, quanto mais ampla e mais complexa a visão pessoal, mais fácil é compactá-la na ficção.

As pessoas têm o costume de perguntar "Qual é o tema de sua história?" e esperam que você lhes responda com uma afirmação como "O tema de minha história é a pressão econômica da máquina sobre a classe média!" — ou algo igualmente absurdo. Quando conseguem uma declaração como essa, vão embora felizes e sentem que não é mais necessário ler a história.

Algumas pessoas imaginam que se lê a história e então se parte para o significado, mas, para o escritor de ficção, a história inteira é o significado, porque é uma experiência, não uma abstração.

Ora, a segunda característica comum da ficção segue-se desta, e é que a ficção se apresenta de tal modo que o leitor tem a sensação de que ela se desenrola ao seu redor. Isso não quer dizer que ele tem de identificar-se com a personagem, sentir compaixão pela personagem ou algo assim. Quer dizer apenas que a ficção tem de ser mostrada em vez de ser relatada. Outro modo de dizer isso é que, embora a ficção seja uma arte narrativa, ela se fia decisivamente no elemento dramático.

A história não é uma forma de drama tão extrema como o teatro, mas, se vocês sabem algo da história do romance, sabem que o romance como forma artística desenvolveu-se na direção da unidade dramática.

A principal diferença entre o romance conforme escrito no século XIX e o romance como normalmente o vemos hoje é o desaparecimento do autor. Fielding, por exemplo, estava em toda parte de sua obra, chamando a atenção do leitor para este ponto e aquele, conduzindo-o a dar especial atenção a isto ou aquilo, esclarecendo este e aquele incidente para ele de modo que não fosse possível deixar de entender. Os romancistas vitorianos faziam isso também. Sempre entravam em cena, explicando e psicologizando suas personagens. Mas, na época de Henry James, o autor começou a contar a história de um modo diferente. Começou a deixá-la desenrolar-se pela mente e pelos olhos das próprias personagens, e ficava nos bastidores, aparentemente desinteressado. Quando chegamos a James Joyce, já não podemos achar o autor no livro. O leitor está por si mesmo, chafurdando no pensamento de diversos personagens repugnantes. Encontra-se num mundo aparentemente sem explicação.

É a partir do tipo de mundo que o escritor cria, a partir do tipo de personagem e detalhe com que ele o investe, que um leitor pode descobrir o significado intelectual de um livro. Uma vez que isso é descoberto, entretanto, não se pode esgotá-lo e usá-lo como substituto do livro. Como disse o finado John Peale Bishop: "Não se pode dizer que Cézanne pintou maçãs e uma toalha de mesa e ter dito o que Cézanne pintou". O romancista faz suas declarações por seleção e, se é bom, seleciona cada palavra por uma razão, cada detalhe por uma razão, cada incidente por uma razão, e os dispõe em certa sequência temporal por uma razão. Ele demonstra algo que possivelmente não pode ser demonstrado de nenhum outro modo senão com um romance inteiro.

As formas da arte evoluem até alcançar a perfeição final, ou até que alcancem algum estado de petrificação, ou até que algum novo elemento seja inserido e uma nova forma de arte se origine. No entanto, qualquer que tenha sido o passado da ficção ou venha a ser o seu futuro, o estado presente do caso é que uma peça de ficção deve ser uma unidade dramática autossuficiente.

Isso quer dizer que deve trazer seu significado dentro de si. Quer dizer que qualquer compaixão, ou piedade, ou moralidade expressa de modo abstrato numa obra de ficção é apenas uma declaração acrescentada a ela. Quer dizer que não se pode fazer uma ação dramática inadequada ao acrescentar uma declaração de significado ao final dela — ou no meio ou no início. Quer dizer que, quando se escreve ficção, fala-se por meio das personagens e da ação, não *sobre* a personagem e a ação. O senso moral do escritor deve coincidir com seu senso dramático.

Dizem que, quando recebeu um manuscrito de que não gostou, Henry James devolveu-o com o seguinte comentário: "Você escolheu um bom tema e está tratando-o de maneira óbvia". Isso normalmente agradava a pessoa que recebia o manuscrito de volta, mas era a pior coisa que James podia pensar em dizer, pois ele sabia, melhor que ninguém, que o modo direto raramente é igual às complicações do bom tema. Pode jamais haver algo novo a dizer, mas sempre há um modo novo de dizê-lo, e, assim, na arte, o modo de dizer algo torna-se parte do que é dito, e cada obra de arte é única e exige atenção renovada.

É sempre errado dizer que se pode fazer isso ou que não se pode fazer aquilo em ficção. Pode-se fazer qualquer coisa que se conseguir, mas ninguém jamais conseguiu muito.

Acredito que é necessário um tipo diferente de disposição para escrever romances do que a que se tem para escrever contos, pois ambos requerem talentos fundamentalmente ficcionais. Tenho uma amiga que escreve ambos, e ela diz que, quando interrompe um romance para trabalhar em contos, sente como se tivesse saído de uma floresta escura para ser atacada por lobos. O romance é uma forma mais difusa e mais adequada àqueles que gostam de demorar-se pelo caminho; também requer uma energia mais sólida. Para aqueles de nós que querem vencer a agonia às pressas, o romance é um fardo e um sofrimento. No entanto, não importa que forma ficcional estejam usando, vocês estão escrevendo uma história, e numa história algo tem de acontecer. Uma percepção não é uma história, e nenhuma quantidade de sensibilidade pode fazer de você um escritor de histórias se simplesmente não tem o dom de contar uma história.

Mas há certo grau de disparate do qual o escritor de ficção dificilmente pode prescindir, e este é a qualidade de ter de encarar, de não ter a ideia de uma vez por todas. Quanto mais se olha um objeto, mais do mundo se vê nele; e é bom lembrar que o escritor de ficção sério sempre escreve sobre o mundo inteiro, não importa o quanto seu cenário seja limitado. Para ele, a bomba que foi jogada em

Hiroshima afeta a vida no Rio Oconee, e não há nada que se possa fazer quanto a isso.

As pessoas sempre se queixam de que o romancista moderno não tem esperança e de que o quadro que ele pinta do mundo é insustentável. A única resposta a isso é que pessoas sem esperança não escrevem romances. Escrever um romance é uma experiência terrível, durante a qual os cabelos caem e os dentes apodrecem. Sempre fico muitíssimo irritada com pessoas que insinuam que escrever ficção é uma fuga da realidade. É um mergulho na realidade e é muito chocante para o sistema. Se o romancista não é sustentado pela esperança de dinheiro, então deve ser sustentado por uma esperança de salvação, ou simplesmente não sobreviverá à provação.

Pessoas sem esperança não só não escrevem romances, mas, o que é pertinente, nem sequer os leem. Não olham longamente para nada, porque carecem de coragem. O caminho para o desespero é recusar-se a ter qualquer tipo de experiência, e o romance, claro, é um modo de ter experiência. A moça que só lê livros que lhe melhoram a mente estava seguindo um caminho seguro — e desesperado. Ela jamais saberá se sua mente melhorou ou não, mas, se por algum engano ler um grande romance, saberá muito bem que algo lhe está acontecendo.

Muita gente considera que nada acontece na ficção moderna e que nada há de acontecer, que o estilo agora é escrever uma história em que nada acontece. Na verdade, acho que mais acontece na ficção moderna — com menos agitação na superfície — do que jamais aconteceu na ficção anterior. Um bom exemplo disso é uma história de Caroline Gordon chamada "Summer Dust" [Poeira de verão]. Está numa coletânea de contos dela chamada *The Forest of the South* [A floresta do sul], um livro que vale a pena estudar.

"Summer Dust" está divido em quatro seções, que à primeira vista não parecem ter nenhuma relação entre si e que são desprovidas de qualquer vínculo narrativo. Ler a história é, à primeira vista, como estar a um passo de distância de uma pintura impressionista e, então, pouco a pouco, dar um passo atrás até que entre no foco. Quando se chega à distância certa, repentinamente se vê que um mundo foi criado — e um mundo em ação — e que uma história completa foi contada por um tipo maravilhoso de subentendido. Mais se disse ao mostrar o que acontece em torno da história do que ao tocar diretamente na própria história.

Alguém pode dizer que isso exige um leitor tão inteligente e sofisticado que não vale o esforço de escrever, mas, em vez disso, estou inclinada a pensar que é mais uma sofisticação falsa que impede as pessoas de compreender esse tipo de história do que qualquer outra coisa. Sem ser naturalista no mais mínimo, uma história como "Summer Dust", na forma, está muito mais próxima da vida do que uma história que segue uma sequência narrativa de acontecimentos.

O tipo de mente capaz de entender a boa ficção não é necessariamente a mente educada, mas sempre é o tipo de mente que está disposta a ter seu senso do mistério aprofundado pelo contato com a realidade, e seu senso de realidade aprofundado pelo contato com o mistério. A ficção deve ser ao mesmo tempo equilibrada e extravagante. Em boa parte da crítica popular, há a noção operante de que toda ficção tem de ser sobre o homem médio e tem de retratar a vida cotidiana média comum, que todo escritor de ficção deve produzir o que se costumava chamar de "fatia da vida". Mas se a vida, nesta acepção, nos satisfaz, não haveria sentido em produzir literatura alguma.

Conrad disse que seu objetivo como escritor de ficção era trazer a maior justiça possível ao universo visível. Isso soa grandioso, mas na verdade é muito humilde. Quer dizer que ele se submetia em todo o tempo às limitações que a realidade impunha, mas essa realidade para ele não era simplesmente coextensiva com o visível. Ele estava interessado em trazer justiça ao universo visível porque este sugeria um invisível, e ele explicava suas próprias intenções de romancista da seguinte maneira:

> ... E se a consciência [do artista] é clara, sua resposta àqueles que na plenitude de uma sabedoria que busca lucro imediato, demanda especificamente ser edificada, consolada, entretida; que demanda ser prontamente melhorada, ou estimulada, ou assustada, ou chocada, ou encantada, deve correr assim: a tarefa que estou tentando realizar é, pelo poder da palavra escrita, fazer-te ouvir, fazer-te sentir — isto é, antes

> de tudo, fazer-te ver. Isso e nada mais, e isso é tudo. Se conseguir, encontrarás ali, segundo teus méritos, incentivo, consolo, temor, encanto, tudo o que exiges — e, talvez, também aquele vislumbre da verdade que esqueceste de pedir.

Vocês podem pensar de tudo o que disse que a razão por que escrevo é fazer o leitor ver o que eu vejo, e que escrever ficção é, em primeiro lugar, uma atividade missionária. Permitam-me resolver isso.

Na primavera passada, eu falei aqui, e uma das meninas perguntou-me: "Senhorita O'Connor, por que a senhora escreve?". Respondi: "Porque sou boa nisso!" — e imediatamente senti uma imensa desaprovação no ar. Percebi que a maioria considerou que essa foi uma resposta arrogante; mas era a única que eu podia dar. Não me perguntaram por que escrevo como escrevo, mas simplesmente por que escrevo; e para essa pergunta há uma e só uma resposta legítima.

Não há desculpa para ninguém escrever ficção para o consumo do público a menos que tenha sido chamado a fazê-lo pela presença de um dom. É da natureza da ficção não servir para muita coisa a menos que seja boa em si mesma.

Um dom de qualquer tipo é uma imensa responsabilidade. É um mistério em si mesmo, algo gratuito e inteiramente imerecido, algo cujas utilidades reais provavelmente sempre estarão ocultas de nós. Normalmente, o artista tem de sofrer certas privações a fim de usar seu dom com integridade. A arte é uma virtude do intelecto prático, e a prática de qualquer virtude demanda certo ascetismo e um afastamento definitivo da parte mesquinha do ego. O escritor tem de julgar a si mesmo com os olhos e a severidade de um estranho. O profeta nele tem de ser louco. Nenhuma arte está afundada no eu, mas, ao contrário, na arte o eu se esquece de si mesmo a fim de satisfazer às exigências das coisas vistas e do que está sendo feito.

Acho que normalmente é alguma forma de autoinflação que destrói o uso livre de um dom. Este pode ser o orgulho do reformador ou teórico, ou pode ser apenas aquela autoestima estúpida que usa sua própria sinceridade como parâmetro para a verdade. Se tiverem lido os escritos grandiloquentes de São Francisco, vocês podem ter ficado com a impressão de que a primeira coisa que se deve fazer para ser artista é desprender-se das rédeas da razão e, depois, qualquer coisa que lhe brote na cabeça será de grande valor. Os sentimentos desenfreados de qualquer um são considerados dignos de ser ouvidos porque são desenfreados e porque são sentimentos.

Santo Tomás chamava a arte de "razão no fazer". Esta é uma definição muito fria e muito bela e, se é impopular hoje, o é porque a razão perdeu terreno entre nós. Assim como graça e natureza foram separadas, assim também imaginação e razão foram separadas, e isso sempre significa o fim da arte. O artista usa a razão para descobrir uma razão respondente em tudo o que vê. Para ele, ser razoável é encontrar, no objeto, na situação, na sequência, o espírito que torna a coisa o que ela é. Isso não é algo fácil ou simples de fazer. É interferir no atemporal, e só se faz isso com a violência de um respeito sincero à verdade.

Segue-se que não há técnica que possa ser descoberta e aplicada para tornar possível que alguém escreva. Se você vai a uma escola em que há aulas de redação, essas aulas não lhe deveriam ensinar como escrever, mas ensinar-lhe os limites e possibilidades das palavras e o respeito devido a elas. Uma coisa que sempre está com o escritor — não importa há quanto tempo escreva ou o quanto seja bom — é o processo contínuo de aprender a escrever. Tão logo o escritor "aprende a escrever", tão logo ele sabe o que vai achar e descobre um modo de dizer o que ele sempre soube ou, ainda pior, um modo de não dizer nada, ele está acabado. Se um escritor tem algum valor, o que ele faz terá sua fonte num reino muito maior do que aquele que sua mente consciente pode abarcar e sempre será para ele uma surpresa maior que jamais será para o seu leitor.

Não sei o que é pior — ter um mau professor ou não ter professor nenhum. Em todo caso, acredito que o trabalho do professor deveria ser em grande medida negativo. Ele não pode conferir-lhe o dom, mas, se o encontra ali, pode tentar protegê-lo de seguir numa direção obviamente errada. Podemos aprender como não escrever, mas esta é uma disciplina que não diz respeito apenas à escrita em si mesma, e sim a toda a vida intelectual. Uma mente livre de emoções falsas, sentimentos falsos e egocentrismo no mínimo terá esses obstáculos removidos de seu caminho.

Se você não pensar vulgarmente, ao menos não haverá vulgaridade em sua escrita, muito embora talvez você não seja capaz de escrever bem. O escritor pode tentar eliminar o que é positivamente ruim, e este deveria ser o objetivo de todo estabelecimento de ensino. Qualquer disciplina pode ajudá-lo a escrever: lógica, matemática, teologia e, evidente e particularmente, o desenho. Qualquer coisa que o ajude a ver, qualquer coisa que o faça olhar. O escritor jamais deve ter vergonha de arregalar os olhos. Não há nada que não lhe exija atenção.

Ouvimos um grande volume de lamentação nestes dias acerca de escritores que foram para faculdades e universidades onde vivem decorosamente em vez de sair e obter informação de primeira mão sobre a vida. O fato é que qualquer um que tenha sobrevivido à infância tem informação suficiente sobre a vida para perseverar pelo resto de seus dias. Se você não pode extrair nada da pouca experiência, provavelmente tampouco será capaz de extrair da muita. O negócio do escritor é contemplar a experiência, não se fundir nela.

Aonde quer que eu vá, perguntam-me se acho que as universidades sufocam os escritores. Minha opinião é que elas não os sufocam o suficiente. Há muitos *best-sellers* que poderiam ter sido evitados por um bom professor. A ideia de ser escritor atrai muita gente inepta, aqueles que são meramente oprimidos por sentimentos poéticos ou afligidos pela sensibilidade. Granville Hicks, numa resenha recente do romance de James Jones, citou-o dizendo: "Eu estava em Campo Hickham, no Havaí, quando tropecei nas obras de Thomas Wolfe, e sua vida doméstica parecia tão similar à minha, seus sentimentos sobre si, tão similares aos meus, que percebi que fui escritor a vida inteira sem saber ou sem ter escrito". O Sr. Hicks continua a dizer que Wolfe causou muitos danos desse tipo, mas esse Jones é um exemplo particularmente espantoso.

Agora, em toda aula de escrita, você encontra pessoas que não dão a mínima para escrever, porque acham que já são escritores em virtude de alguma experiência que tiveram. É um fato que, se, por natureza ou treinamento, essas pessoas conseguirem aprender a escrever mal o bastante, podem fazer muito dinheiro e de um modo que parece vergonhoso negar-lhes esta oportunidade; mas então, a menos que o colégio seja uma escola profissionalizante, ainda tem responsabilidade para com a verdade, e acredito mesmo que essas pessoas deveriam ser sufocadas com toda a velocidade.

Presumindo que as pessoas restantes tenham algum grau de talento, a pergunta é: o que pode ser feito por elas numa aula de redação? Acredito que o trabalho do professor é amplamente negativo, que é em grande medida uma questão de dizer "isso não funciona porque..." ou "isso funciona porque...". O "porque" é muito importante. O professor pode ajudá-lo a entender a natureza de seu meio e pode guiá-lo na leitura. Não acredito em aulas em que os estudantes criticam os manuscritos uns dos outros. Essa crítica geralmente é composta em partes iguais de ignorância, bajulação e despeito. É o cego guiando outro cego, o que pode ser perigoso. Um professor que lhe tenta impor um modo de escrever também pode ser perigoso. Felizmente, a maioria dos professores que conheci eram preguiçosos demais para fazer isso. Em todo caso, você deve estar atento àqueles que parecem hiperativos.

Nos últimos vinte anos, as faculdades têm enfatizado a escrita criativa a tal ponto que quase se sente que qualquer idiota com uma migalha de talento pode sair de uma aula de escrita capaz de escrever uma história competente. De fato, tantas pessoas podem agora escrever histórias competentes que o conto como meio está em risco de morrer de competência. Queremos competência, mas competência por si mesma é fatal. O que é necessário é a visão, e não se pode obter isso numa aula de redação.

Escrevendo contos

Já ouvi dizer que o conto era uma das formas literárias mais difíceis, e sempre tentei entender por que as pessoas pensam assim daquele que me parece um dos meios de expressão humana mais naturais e fundamentais.[1] Afinal, começamos a ouvir e a contar histórias quando ainda somos crianças, e não parece haver algo muito complicado nisso. Desconfio de que a maioria de vocês contou histórias a vida toda, e mesmo assim estão aqui, para descobrir como fazê-lo.

Então, na semana passada, depois que escrevi alguns desses pensamentos tranquilos para usar aqui hoje, minha calma foi abalada quando recebi sete de seus manuscritos para ler.

---

[1] Em outro estado de espírito, noutra ocasião, Flannery O'Connor começou da seguinte maneira: "Tenho muito pouco a dizer sobre a escrita de contos. Uma coisa é escrever contos, outra coisa é falar sobre escrevê-los, e espero que vocês percebam que seu pedido para que eu fale sobre a redação de contos é como pedir a um peixe uma conferência sobre natação. Quanto mais histórias escrevo, mais misterioso considero o processo e menos me julgo capaz de analisá-lo. Antes de começar a escrever histórias, imagino que poderia dar uma boa conferência sobre o assunto, mas nada gera silêncio como a experiência, e neste ponto tenho muito pouco a dizer sobre como as histórias são escritas.

Depois dessa experiência, achei-me disposta a admitir que, se o conto não é uma das formas literárias mais difíceis, ao menos é mais difícil para uns que para outros.

Ainda desconfio que a maioria das pessoas começa com algum tipo de habilidade de contar uma história, mas a perde ao longo do caminho. Claro, a capacidade de gerar vida com as palavras é essencialmente um dom. Se o têm, em primeiro lugar, vocês podem desenvolvê-lo; se não o têm, podem esquecê-lo.

Observei que as pessoas que não o têm muitas vezes são as mais determinadas a escrever contos. Estou convicta, de todo modo, de que são as que escrevem os livros e artigos de revistas sobre como escrever contos. Tenho uma amiga que está fazendo um curso por correspondência sobre este assunto, e ela me repassou alguns dos títulos de capítulo, como "A fórmula do conto para escritores", "Como criar personagens", "Vamos ao enredo!". Esse tipo de empulhação lhe está custando 27 dólares.

Para mim, discutir a redação de histórias levando em conta enredo, personagens e tema é como tentar descrever a expressão de um rosto ao dizer onde estão os olhos, o nariz e a boca. Ouvi estudantes dizerem: "Sou ótimo no enredo, mas não sei fazer nada com uma personagem!", ou "Tenho este tema, mas não tenho um enredo para ele!", e certa vez ouvi alguém dizer: "Tenho a história, mas não tenho nenhuma técnica".

Técnica é uma palavra que sempre mencionam. Certa vez, falei num clube de escritores e, na hora das perguntas, uma boa alma perguntou: "Você me apresentará a técnica do conto quadro dentro do quadro?". Tive de admitir que era tão ignorante que nem fazia ideia do que se tratava, mas ela me garantiu que tal coisa existia porque entrara num concurso para escrevê-lo e o prêmio era de cinquenta dólares.

Mas, deixando de lado as pessoas que não têm talento para ele, há outros que de fato o têm, mas que se debatem por aí porque não sabem exatamente o que é uma história.

Imagino que as coisas óbvias são as mais difíceis de definir. Todo mundo acha que sabe o que é uma história. Mas, se pedir a um estudante iniciante que escreva uma história, pode-se conseguir quase qualquer coisa — uma lembrança, uma opinião, uma anedota, qualquer coisa debaixo do sol, menos uma história. Uma história é uma ação dramática completa — e, nas boas histórias, as personagens são apresentadas pela ação, e a ação é controlada pelas personagens; o resultado disso é o significado que deriva de toda a experiência apresentada. Eu mesma prefiro dizer que uma história é um acontecimento dramático que envolve uma pessoa porque esta é uma pessoa, e uma pessoa em particular — isto é, porque compartilha a condição humana geral e alguma situação humana específica. Uma história sempre envolve, de modo dramático, o mistério da personalidade. Emprestei algumas histórias a uma moça que mora na rua da minha casa, e, quando as devolveu, ela disse: "Bem, as histórias acontecem e mostram como algumas pessoas agiriam", e pensei comigo que isso estava certo; quando escreve histórias, é necessário contentar-se em começar exatamente ali — mostrando como algumas pessoas específicas agirão, e agirão apesar de tudo.

Ora, este é um nível muito humilde para começar, e quase ninguém que pretende escrever histórias está disposto a começar por ali. As pessoas querem escrever sobre problemas, não sobre outras pessoas; ou sobre temas abstratos, não sobre situações concretas. Têm uma ideia, ou um sentimento, ou um ego transbordante, ou querem *ser um escritor*, ou querem oferecer sua sabedoria ao mundo de uma maneira simples o bastante para que este seja capaz de absorvê-la. Em todo caso, não têm uma história e não estariam dispostas a escrevê-la se a tivessem; e, na ausência de uma história, põem-se a buscar uma teoria, uma fórmula, uma técnica.

Ora, nada disso quer dizer que, ao escrever uma história, você tem de escrever ou abrir mão de sua posição moral. Suas crenças serão a luz pela qual você vê, mas não serão o que você vê, nem um substituto da visão. Para o escritor de ficção, tudo tem seu ponto de teste no olho, e o olho é um órgão que envolve toda a personalidade e quanto do mundo possa por ele ser abarcado. Envolve julgamento. O julgamento é algo que começa no ato de ver; caso contrário, ou quando começa à parte da visão, a confusão na mente se transfere para a história.

A ficção opera por meio dos sentidos, e acho que uma das razões por que as pessoas consideram tão difícil escrever histórias é que se esquecem de quanto tempo e paciência são necessários para convencer por meio dos sentidos. Nenhum leitor que realmente não vivencie a história, que não seja levado a sentir a história, vai acreditar em algo que o escritor de ficção simplesmente lhe diz. A primeira e mais óbvia característica da ficção é que esta lida com a realidade mediante o que pode ser visto, ouvido, cheirado, degustado e tocado.

Ora, isso é algo que não se pode aprender somente na cabeça; tem de ser aprendido nos hábitos. Tem de tornar-se o modo como você costuma ver as coisas. O escritor de ficção tem de perceber que não pode criar compaixão com compaixão, ou emoção com emoção, ou pensamento com pensamento. Ele tem de dotar todas essas coisas de um corpo; tem de criar um mundo com peso e medida.

Observei que as histórias de escritores iniciantes normalmente estão repletas de emoção, mas é muito difícil determinar *de quem* são essas emoções. O diálogo frequentemente acontece sem a assistência de personagens que possam de fato ser vistos, e pensamentos incontidos vazam de cada canto da história. Em geral, a razão é que o estudante está inteiramente interessado em seus pensamentos e em suas emoções, e não na ação dramática, e é demasiado preguiçoso ou pomposo demais para descer ao concreto, onde a ficção opera. Acha que o julgamento existe num lugar e a impressão dos sentidos em outro. Mas, para o escritor de ficção, o julgamento começa nos detalhes que ele vê e na forma como os vê.

Escritores de ficção que não estão preocupados com esses detalhes concretos são culpados do que Henry James chamou de "especificação pobre". O olho desliza pelas palavras enquanto a atenção vai dormir. Ford Madox Ford ensinava que não se pode fazer um homem aparecer numa história por tempo suficiente para vender um jornal a menos que você o ponha ali com detalhes suficientes para fazer o leitor notá-lo.

Tenho um amigo que está assistindo a aulas de teatro em Nova York com uma moça russa que supostamente é ótima no ensino de atores. Meu amigo me escreveu que, no primeiro mês, não falaram uma linha sequer, apenas aprenderam a ver. Ora, aprender a ver é a base para aprender todas as artes, com exceção da música. Conheço muitos escritores de ficção que pintam não porque sejam bons em pintura, mas porque esta os ajuda a escrever. Ela os força a olhar para as coisas. Escrever ficção é muito raramente uma questão de dizer as coisas; é uma questão de mostrar as coisas.

Entretanto, dizer que a ficção procede pelo uso do detalhe não denota o acúmulo de detalhes simples e mecânico. O detalhe tem de ser controlado por algum propósito geral, e todo detalhe tem de ser posto para trabalhar para você. A arte é seletiva. O que está ali é essencial e cria movimento.

Ora, tudo isso exige tempo. Um bom conto não deveria ter menos significado que um romance, tampouco sua ação deveria ser menos completa. Nada essencial à experiência principal pode ser deixado de fora de um conto. Toda a ação tem de ser satisfatoriamente contada à luz da motivação, e tem de haver um início, um meio e um fim, embora não necessariamente nessa ordem. Acho que muitas pessoas optam por escrever contos porque estes são menores, e por menores querem dizer menores em todos os sentidos. Acham que um conto é uma ação incompleta em que bem pouco é mostrado e muito é sugerido, e consideram que a omissão é um meio pelo qual se sugere algo. É muito difícil dissuadir dessa noção um estudante, porque ele acha que, quando omite algo, está sendo sutil; e quando você lhe diz que é preciso pôr algo antes que esse algo possa estar ali, ele pensa que você está sendo um idiota insensível.

Talvez a questão central a ser considerada em qualquer discussão do conto, de uma história curta, seja o que queremos dizer com aquela história curta. Ser curta não quer dizer ser insignificante. Um conto deve ser longo em profundidade e deve proporcionar uma experiência de significado. Tenho uma tia que acha que não acontece nada numa história a menos que alguém se case ou seja assassinado no final. Escrevi a história de um andarilho que se casa com a filha idiota de uma velha a fim de surrupiar o automóvel dela. Depois do casamento, ele leva a esposa numa viagem de lua de mel no automóvel e a abandona numa lanchonete e segue a viagem sozinho. Ora, essa é uma história completa.[2] Não há nada mais relacionado ao

---

[2] Trata-se do enredo do conto "A vida que você salva pode ser a sua", publicado em Flannery O'Connor, *Um Homem Bom é Difícil de Encontrar e Outras Histórias*. Trad. Leonardo Fróes. Rio de Janeiro, Nova Fronteira, 2018.

mistério da personalidade daquele homem que pudesse ser mostrado por meio daquela dramatização particular. Contudo, jamais fui capaz de convencer minha tia de que essa é uma história completa. Ela quer saber o que aconteceu à filha idiota da mulher depois disso.

Não muito tempo atrás, essa história foi adaptada para a televisão, e quem a adaptou, conhecendo seu negócio, fez o andarilho ter uma mudança de coração e voltar para buscar a moça idiota, e os dois, então, saíram por aí, rindo loucamente. Minha tia acredita que, enfim, a história está completa, mas tenho outros sentimentos em relação a ela — que não são adequados para dizer em público. Quando você escreve uma história, tem apenas de escrever uma história, mas sempre haverá pessoas que se recusarão a ler a história que você escreveu.

E isso, naturalmente, nos leva à terrível pergunta: para que tipo de leitor você está escrevendo quando escreve ficção? Talvez cada um pense que temos uma solução pessoal para este problema. De minha parte, tenho uma opinião muito elevada da arte da ficção e uma opinião muito baixa daquilo que se chama leitor "médio". Digo comigo mesma que não posso fugir dele, que esta é a personalidade que tenho de manter desperta, mas, ao mesmo tempo, também tenho de oferecer ao leitor inteligente a experiência mais profunda que ele busca na ficção. Na verdade, esses dois tipos de leitor são apenas aspectos da própria personalidade do escritor e, em última análise, o único leitor sobre o qual ele pode saber alguma coisa é ele mesmo. Todos escrevemos em conformidade com nosso próprio nível de entendimento, mas é uma característica peculiar da ficção que sua superfície literal possa proporcionar entretenimento num plano físico óbvio para um tipo de leitor enquanto exatamente a mesma superfície pode proporcionar significado à pessoa capacitada para experienciá-lo ali.

O significado é o que impede que o conto, isto é, uma história curta, seja curta. Prefiro falar de significado numa história em vez de tema de uma história. As pessoas falam do tema de uma história como se o tema fosse similar à corda com que se amarra um saco de ração de frango. Acham que, se se pode extrair o tema, assim como se extrai a linha certa no saco de ração, pode-se deixar a história aberta e alimentar os frangos. Mas não é assim que o significado funciona na ficção.

Quando se afirma o tema de uma história, quando pode separá-lo da própria história, pode-se ter certeza de que a história não é muito boa. O significado de uma história tem de estar incorporado nela, tem de concretizar-se nela. Uma história é uma maneira de dizer algo que não pode ser dito de outra forma, e usa cada palavra da história para dizer qual é o significado. Conta-se uma história porque uma afirmação seria inadequada. Quando alguém pergunta sobre o que uma história é, a única resposta decente é pedir-lhe que leia a história. O significado da ficção não é um significado abstrato, mas experimentado, e o propósito de fazer declarações sobre o significado de uma história é apenas ajudá-lo a experimentar aquele significado de modo mais pleno.

Ficção é uma arte que exige a atenção mais estrita ao real — esteja o escritor escrevendo uma história realista ou de fantasia. Isto é, sempre começamos com o que é ou com o que tem uma possibilidade eminente de ser verdade. Mesmo quando alguém escreve fantasia, a realidade é a própria base dela. Uma coisa é fantástica porque é tão real, tão real que é fantástica. Graham Greene disse que não consegue escrever "estive num poço sem fundo" porque isso não podia ser verdade, ou "descendo as escadas correndo, pulei num táxi", porque tampouco poderia ser verdade. Mas Elizabeth Bowen pode escrever sobre uma de suas personagens que "ela puxava os cabelos como se tivesse ouvido alguma coisa neles", porque isso era eminentemente possível.

Eu ousaria até dizer que a pessoa que escreve fantasia tem de estar ainda mais estritamente atenta ao detalhe concreto do que alguém que escreve com veia naturalista — porque quanto maior o desafio da história à credulidade, mais convincentes as propriedades dela têm de ser.

Um bom exemplo disso é uma história chamada *A metamorfose*, de Franz Kafka. É a história de um homem que acorda certa manhã e descobre que se tornou uma barata da noite para o dia, embora sem descartar sua natureza humana. O restante da história diz respeito à sua vida, aos seus sentimentos e à morte final como um inseto com natureza humana, e essa situação é aceita pelo leitor porque o detalhe concreto da história é absolutamente convincente. O fato é que essa história descreve a dupla natureza do homem de um modo tão realista que é quase insuportável. A verdade não é distorcida aqui, mas, ao contrário, certa distorção é usada para chegar-se à verdade. Se admitirmos, como devemos, que a aparência não é a mesma coisa que a realidade, então temos de dar ao artista a liberdade para fazer certos rearranjos na natureza se esses conduzirem a maior profundidade de visão. O próprio artista sempre tem de se lembrar de que o que ele está reordenando é a natureza, e que ele tem de conhecê-la e ser capaz de descrevê-la a fim de ter autoridade para reorganizá-la de algum modo.

O problema peculiar do escritor de contos é como fazer a ação que ele narra revelar tanto do mistério da existência quanto possível. Ele só tem um espaço curto para fazê-lo e não pode fazê-lo por meio de afirmações. Tem de fazer isso ao mostrar, não ao dizer, e mostrar o concreto — de modo que seu problema é realmente como fazer o concreto trabalhar em jornada dupla para ele.

Na boa ficção, certos detalhes tenderão a acumular significado a partir da ação da própria história; quando isso acontece, esses detalhes se tornam simbólicos no modo como funcionam. Escrevi certa feita uma história chamada "Gente boa da roça", em que uma moça PhD tem sua perna de pau roubada por um vendedor de Bíblias a quem ela tentou seduzir. Ora, devo admitir que, parafraseada assim, a situação parece simplesmente uma piada de mau gosto. O leitor médio gosta de observar a perna de pau de alguém sendo roubada. Mas, sem deixar de atraí-lo e sem fazer nenhuma afirmação de intenções elevadas, essa história de fato tenta operar em outro nível de experiência, ao permitir que a perna de pau acumule significado. No início da história, somos apresentados ao fato de que a PhD é aleijada tanto física quanto espiritualmente. Ela não acredita em nada senão em sua crença no nada, e percebemos que há uma parte de pau em sua alma que corresponde à sua perna de pau. Ora, é claro que nunca se afirma isso. O escritor de ficção afirma o mínimo possível. O leitor faz essa relação com base nas coisas que lhe são mostradas. Ele pode até nem saber que faz essa relação, mas a conexão está lá de todo modo e exerce efeito sobre ele. Conforme a história prossegue, a perna de pau continua a acumular significado. O leitor fica sabendo como a moça se sente em relação a sua perna, e também como a mãe e a mulher da roça se sentem em relação a ela; finalmente, quando o vendedor de Bíblias aparece, a perna já acumulou tanto significado que, como diz o ditado, está "carregada". Quando o vendedor de Bíblias a rouba, o leitor percebe que ele levou parte da personalidade da moça e revelou-lhe sua profunda aflição pela primeira vez.

Se se quiser dizer que a perna de pau é um símbolo, pode-se dizê-lo. Mas, em primeiro lugar, é uma perna de pau e, como perna de pau, é absolutamente necessária à história. Tem seu lugar no nível literal da história, mas opera tanto em profundidade quanto na superfície. Ela amplia a história em todas as direções e é essencialmente o modo como a história escapa de ser superficial.

Agora se pode falar um pouco do modo como isso acontece. Não gostaria que alguém pensasse que, para escrever este conto, eu me sentei e disse: "Vou escrever uma história sobre uma PhD com uma perna de pau, usando a perna de pau como símbolo de outro tipo de aflição". Eu me pergunto se muitos escritores sabem o que vão fazer quando começam a escrever uma história. Quando comecei a escrever essa história, não sabia que haveria nela uma PhD com uma perna de pau. Simplesmente me encontrei certa manhã escrevendo a descrição de duas mulheres sobre as quais eu sabia alguma coisa e, antes que percebesse, tinha dotado uma delas de uma filha com uma perna de pau. À medida que a história progredia, trouxe o vendedor de Bíblias, mas não tinha ideia do que ia fazer com ele. Não sabia que ele iria roubar aquela perna de pau até dez ou doze linhas antes que o fizesse, mas, quando descobri que isso estava prestes a acontecer, percebi que era inevitável. Essa é uma história que choca o leitor, e acho que uma das razões disso é que ela chocou o escritor.

Ora, apesar do fato de essa história ter ocorrido dessa maneira aparentemente descuidada, é uma história em que quase nenhuma reescrita foi feita. É uma história que estava sob controle durante toda a sua redação, e pode-se perguntar como se dá esse tipo de controle, visto que não é inteiramente consciente.

Acho que a resposta para isso é o que Maritain chama de "o hábito da arte". É um fato que a escrita de ficção seja algo de que toda a personalidade participa — tanto a mente consciente quanto a inconsciente. A arte é o hábito do artista; e os hábitos têm de estar profundamente enraizados na personalidade inteira. Têm de ser cultivados como qualquer outro hábito, durante um longo período, por meio da experiência; e ensinar qualquer tipo de escrita é, em grande medida, uma questão de ajudar o estudante a desenvolver o hábito da arte. Considero que isso é mais do que apenas disciplina, embora também o seja; acho que é um modo de olhar para o mundo criado e de usar os sentidos de modo a fazê-los encontrar tanto significado quanto possível nas coisas.

Ora, não sou tão ingênua a ponto de supor que a maioria das pessoas vai a conferências de escritores a fim de ouvir que tipo de visão é necessária para escrever histórias que se tornarão parte permanente de nossa literatura. Até mesmo se você deseja ouvir isso, suas maiores preocupações são imediatamente práticas. Você quer saber como pode realmente escrever uma boa história e, ademais, como pode contar que o fez; assim, você quer saber qual é a forma de um conto, como se a forma fosse algo que existisse fora de cada história e pudesse ser aplicada ou imposta sobre o material. Claro, quanto mais você escreve, mais percebe que a forma é orgânica, que é algo que brota do material, que a forma de cada história é única. Uma história que tenha algum valor não pode ser reduzida, mas tampouco pode ser expandida. Uma história é boa quando você continua a ver mais e mais nela, e quando ela continua a fugir de você. Na ficção, dois mais dois sempre são mais que quatro.

O único modo, acho, de aprender a escrever contos é escrevê-los, e então tentar descobrir o que você fez. A hora de pensar na técnica é quando você realmente tem a história diante de si. O professor pode ajudar o estudante a olhar para a obra individual e tentar ajudá-lo a decidir se escreveu uma história completa em que a ação ilumina plenamente o significado.

Talvez a coisa mais proveitosa que posso fazer seja apontar-lhes algumas observações gerais que fiz acerca dessas sete histórias de vocês que li. Nenhuma dessas observações se adequará exatamente a uma das histórias, mas são pontos cuja reflexão não fará mal algum a alguém interessado em escrever.

A primeira coisa de que qualquer escritor profissional está consciente na leitura de algo é, naturalmente, o uso da linguagem. O uso da linguagem nessas histórias era tal que, com uma única exceção, seria difícil distinguir uma história da outra. Embora eu me lembre de ter-me deparado com vários clichês, não me lembro de uma imagem ou de uma metáfora de nenhuma das setes histórias. Não quero dizer que nelas não houvesse imagens; só quero dizer que não havia nenhuma forte o suficiente para ser lembrada.

Em relação a isso, fiz outra observação que me espantou muito. Com exceção de uma história, praticamente não houve uso do idioma local. Bem, esta é uma conferência de escritores sulistas. Todas essas histórias se passam na Geórgia ou no Tennessee; no entanto, não havia nenhum sentido peculiar da vida sulista nelas. Alguns poucos nomes de lugares pingaram — Savannah, ou Atlanta, ou Jacksonville —, mas estes poderiam facilmente ter sido substituídos por Pittsburgh ou Passaic sem requerer nenhuma outra alteração na história. As personagens falam como se jamais tivessem ouvido língua nenhuma exceto a que vem de um estúdio de televisão. Isso indica que algo está fora de foco.

Há duas qualidades que fazem a ficção. Uma é o senso de mistério; a outra é o senso dos costumes. Você obtém os costumes da textura da existência que o cerca. A grande vantagem de ser um escritor sulista é que não temos de ir a lugar algum procurar costumes; bons ou maus, temo-los em abundância. No Sul, vivemos numa sociedade que é rica em contradições, rica em ironia, rica em contrastes, e particularmente rica em sua linguagem. E, no entanto, aqui estão seis histórias de sulistas em que quase não se usam as dádivas da região.

Claro, a razão disso pode ser o fato de que o abuso dessas dádivas foi visto com tanta frequência que vocês se tornaram autoconscientes do uso delas. Não há nada pior do que o escritor que não apenas usa os dons da região, mas chafurda neles. Tudo se torna tão sulista que é nauseante, tão local que é ininteligível, tão literalmente reproduzido que não comunica nada. O geral se perde no particular em vez de ser mostrado por meio dele.

Entretanto, quando a vida que de fato nos cerca é totalmente ignorada, quando nossos padrões de discurso são absolutamente negligenciados, algo está fora de ordem. O escritor, nesse caso, deve perguntar a si mesmo se não está buscando um tipo de vida que lhe é artificial.

Um idioma caracteriza uma sociedade, e, quando ignora o idioma, muito provavelmente você está ignorando todo o tecido social que poderia gerar uma personagem significativa. Não se podem isolar personagens de sua sociedade e falar muito sobre eles como indivíduos. Não se pode dizer algo significativo acerca do mistério de uma personalidade a menos que você ponha essa personalidade num contexto social verossímil e significativo. E a melhor forma de fazer isso é por meio da linguagem da própria personagem. Quando uma velha senhora numa das histórias de Andrew Lytle diz de modo desdenhoso que tem uma mula mais velha que Birmingham, extraímos dessa única sentença a noção de uma sociedade e de sua história. Uma grande porção do trabalho do escritor sulista está feita antes que ele comece, porque nossa história está viva em nossa fala. Numa das histórias de Eudora Welty, uma personagem diz: "De onde eu venho, usamos raposas em lugar de cães de guarda e corujas em lugar de frangos, mas cantamos a verdade". Ora, há um livro inteiro nessa única frase; quando você ignora as pessoas da sua região que podem falar assim, não está tirando proveito do que é seu. O som de nossa fala é demasiado preciso para ser descartado impunemente, e, se o escritor tenta livrar-se dele, está sujeito a destruir a melhor parte de sua força criativa.

Outra coisa que observei nessas histórias é que a maioria delas não se aprofunda o bastante numa personagem, não revela muito da personagem. Não quero dizer que não entram na mente da personagem, mas simplesmente não mostram que ela tem uma personalidade. Mais uma vez, isso remonta, em parte, ao modo de falar. Essas personagens não têm um modo de falar característico com que se revelar; e, às vezes, não têm realmente características peculiares. Você sente, no final, que nenhuma personalidade se revela porque não há personalidade. Na maioria das boas histórias, é a personalidade da personagem que cria a ação da história. Na maior parte dessas histórias, sinto que o escritor pensou em alguma ação e, então, saiu à procura de uma personagem para executá-la. Normalmente você será mais bem-sucedido se começar pelo inverso. Se você começa com uma personalidade real, uma personagem real, algo fatalmente terá de acontecer; e não tem de saber o que é antes de começar. De fato, talvez seja melhor se não souber o que é antes de começar. Você deve ser capaz de descobrir algo a partir de suas histórias. Se não for capaz disso, provavelmente ninguém mais será.

Sobre sua própria obra

Um uso racional do irracional

No outono passado,[1] em carta, uma estudante me disse que ficaria "muitíssimo agradecida" se eu lhe contasse "que esclarecimento" eu procurava obter com cada uma de minhas histórias. Imagino que ela tivesse de redigir um artigo. Respondi-lhe que esquecesse o esclarecimento e apenas desfrutasse delas. Eu sabia que essa era a resposta mais insatisfatória que eu podia dar, porque, claro, ela não queria desfrutar de história nenhuma, só queria desvendá-las.

Na maioria das aulas de inglês, o conto tornou-se um tipo de amostra literária a ser dissecada. Sempre que um conto meu aparece numa antologia escolar, vejo-o com seus órgãos expostos, como um sapo num pote de vidro.

Percebo que boa parte desse "qual-é-o-significado" tem de continuar, mas acho que há algo errado no processo quando, para tantos estudantes, a história torna-se

---

[1] Isto é, em 1962. Essas observações foram feitas por Flannery O'Connor no Hollins College, Virgínia, para apresentar uma leitura de seu conto *Um Homem Bom é Difícil de Encontrar*, em 14 de outubro de 1963.

simplesmente um problema a ser resolvido, algo que evapora a fim de obter-se "esclarecimento imediato".

Uma história não é realmente boa a menos que resista com sucesso à paráfrase, a menos que permaneça e se expanda na mente. A rigor, analisa-se para desfrutar, mas é igualmente verdadeiro que, para analisar com algum discernimento, é necessário já ter desfrutado, e acho que o melhor motivo para ouvir a leitura de uma história é que ela estimula aquele prazer primordial.

Não tenho nenhuma pretensão de ser Ésquilo ou Sófocles e proporcionar-lhes nesta história uma experiência catártica a partir de um pano de fundo mítico, embora a história que lerei decerto evoque uma grande medida do contexto mítico do Sul e desperte em vocês certo grau de compaixão e terror, ainda que seu modo de ser sério seja ser cômico. Acho, no entanto, que, assim como os gregos, vocês devem saber o que vai acontecer na história, de modo que qualquer elemento de suspense nela seja transferido da superfície para seu interior.

Eu ficaria muitíssimo feliz se vocês já a tivessem lido, mais feliz ainda se a conhecessem bem, mas, como a experiência me ensinou a manter minhas expectativas modestas, vou contar-lhes que esta é a história de uma família de seis membros que, na viagem de carro à Flórida, são exterminados por um prisioneiro fugitivo que chama a si mesmo de Desajustado. A família é constituída da avó e de seu filho, Bailey, e dos netos John Wesley, June Star e o bebê, e há também o gato e a mãe da criança.

O gato se chama Pitty Sing, e a avó o está levando consigo, escondido numa cesta.

Ora, acho que convém tentar determinar com vocês a base sobre a qual a razão opera nessa história. Muito de minha ficção extrai sua marca de um uso racional do irracional, embora a razão de meu uso deste nem sempre esteja evidente. Os pressupostos subjacentes a esse uso, entretanto, são aqueles dos mistérios cristãos centrais. Estes são pressupostos aos quais grande parte do público moderno faz objeções. Quanto a isso, só posso dizer que talvez haja outros modos que não os meus em que essa história possa ser lida, mas nenhum outro pelo qual podia ter sido escrito. A fé, no meu caso, é o motor que faz a percepção funcionar.

A heroína da história, a avó, está na posição mais significativa que a vida oferece ao cristão. Está enfrentando a morte. E, ao que tudo indica, ela, como o restante de nós, não está bem-preparada para enfrentá-la. Ela gostaria de ver esse acontecimento adiado. Indefinidamente.

Conversei com diversos professores que usam esta história em aula e que dizem a seus alunos que a avó é o mal, que, na verdade, ela é uma bruxa, até por causa do gato. Um desses professores disse-me que seus alunos, e particularmente os alunos sulistas, resistiram a essa interpretação com certa perplexidade, e ele não havia entendido por quê. Tive de contar-lhe que eles resistiram porque todos tinham em casa avós e tias-avós exatamente daquele jeito, e sabiam, por experiência própria, que a velha senhora não tinha muito juízo, mas tinha um bom coração. O sulista geralmente é tolerante àquelas fraquezas que provêm da inocência, e sabe que o gosto pela autopreservação pode ser prontamente combinado com um espírito missionário.

Esse mesmo professor estava dizendo a seus alunos que, moralmente, o Desajustado era bem superior à avó. Ele tinha um vínculo realmente sentimental com o Desajustado. Mas, então, um profeta fracassado quase sempre é mais interessante que sua avó, e tem-se de deixar as pessoas desfrutarem de seus prazeres onde os encontram.

É verdade que a velha senhora é uma alma velha e hipócrita; seu gênio não bate com o do Desajustado, nem a capacidade dela de receber a graça é igual à dele; no entanto, acho que o leitor sem preconceitos sentirá que a avó tem um tipo especial de triunfo nessa história, algo que instintivamente não permitimos a alguém inteiramente mau.

Muitas vezes, me perguntei o que faz uma história funcionar, e o que a faz mostrar-se como uma história, e concluí que provavelmente é alguma ação, algum gesto de uma personagem que é diferente de qualquer outro, algo que indica onde se encontra o verdadeiro coração da história. Isso teria de ser uma ação ou um gesto que fosse ao mesmo tempo inteiramente correto e totalmente inesperado. Teria de ser algo que estivesse na personagem e além dela; teria de sugerir tanto o mundo quanto a eternidade. A ação ou o gesto de que estou falando teria de estar no nível anagógico, ou seja, o nível que tem a ver com a vida divina e com a nossa participação nela. Seria um gesto que transcendesse qualquer alegoria refinada que pudesse ter sido planejada ou quaisquer categorias morais lisonjeiras que um leitor pudesse criar. Seria um gesto que, de algum modo, fizesse contato com o mistério.

Há um ponto nesta história em que tal gesto ocorre. A avó está, enfim, sozinha, encarando o Desajustado. Sua mente se esclarece e, por um instante, ela percebe, mesmo do seu jeito limitado, que é responsável pelo homem diante dela, e que se unia a ele por laços de parentesco que tinham raízes profundas no mistério que ela vinha simplesmente tagarelando até então. Nesse momento, ela faz a coisa certa, toma a atitude certa.

Acho que os estudantes muitas vezes são confundidos pelo que ela diz e faz aqui, mas penso comigo que, se eu excluísse esse gesto e o que ela diz com ele, eu não teria história nenhuma. O que sobraria não seria digno de atenção. Nossa época não só não tem um olhar muito apurado para as intromissões quase imperceptíveis da graça como já não tem muita sensibilidade para a natureza da violência que as precede ou sucede. O maior ardil do diabo, disse Baudelaire, é convencer-nos de que não existe.

Deduzo que as razões para o uso de tanta violência na ficção moderna diferirão entre os escritores que a usam, mas, em minhas histórias, descobri que aquela violência é estranhamente capaz de devolver meus personagens à realidade e prepará-los para aceitar seu momento de graça. A cabeça deles é tão dura que quase nada além disso fará o trabalho. Essa ideia, de que a realidade é algo a que devemos voltar sob um custo considerável, raramente é compreendida pelo leitor desleixado, mas está implícita na visão cristã de mundo.

Não quero equiparar o Desajustado ao diabo. Prefiro pensar que, por mais improvável que pareça, o gesto da madame, como um grão de mostarda, germinará e será uma árvore repleta de aves no coração do Desajustado, e lhe será dor suficiente para convertê-lo no profeta que ele pretendia se tornar. Mas essa é outra história.

Essa história tem sido chamada de grotesca, mas prefiro chamá-la de literal. Uma boa história é literal no mesmo sentido em que o desenho de uma criança é literal. Quando uma criança desenha, ela não pretende distorcer, mas registrar exatamente o que vê, e, como seu olhar é direto, ela vê as linhas que criam o movimento. Ora, as linhas do movimento que interessam ao escritor normalmente são invisíveis. São linhas de movimento espiritual. E nessa história é necessário estar alerta a coisas como a ação da graça na alma da avó, e não aos corpos mortos.

Ouvimos muitas queixas acerca da prevalência de violência na ficção moderna, e sempre se supôs que essa violência é má e representa um fim em si mesma. Com o escritor sério, a violência nunca é um fim em si mesmo. É a situação extrema que melhor revela o que somos essencialmente, e creio que esses são tempos em que os escritores estão mais interessados no que somos essencialmente do que no teor de nossa vida cotidiana. A violência é uma força que pode ser usada para o bem ou para o mal, e entre outras coisas que ela pode tomar está o reino dos céus.[2] Mas, independentemente do que pode ser obtido por meio dela, o homem na situação violenta revela aquelas qualidades menos dispensáveis de sua personalidade, aquelas qualidades que são tudo com o que ele entrará na eternidade; visto que os personagens nessa história estão todos à beira da eternidade, é adequado pensar no que levarão consigo. Em todo caso, espero que, se considerar esses pontos em conexão com a história, você consiga vê-la como algo mais do que o relato de uma família assassinada a caminho da Flórida.

O mistério da liberdade

Sangue Sábio[3] chegou aos dez anos de idade e ainda está vivo. Minha capacidade crítica é suficiente para determinar isso, e estou satisfeita por ser capaz de dizê-lo. O livro foi escrito com entusiasmo e, se possível, deve ser lido assim também. É um romance cômico acerca de um cristão *malgré lui*, e, como tal, muito sério, pois todos os romances cômicos que são bons devem tratar de questões de vida e morte. *Sangue Sábio* foi escrito por uma autora congenitamente inocente de teoria, mas dotada de certas

---

[2] Alusão ao texto bíblico de Mateus 11,12, que diz: "Desde a época de João Batista até o presente, o reino dos céus é arrebatado à força, e são os violentos que o conquistam". (N. T.)

[3] Essa nota foi escrita como introdução da segunda edição do romance em 1962.

preocupações. Que a crença em Cristo é para alguns uma questão de vida e morte tem sido uma pedra de tropeço para leitores que prefeririam pensar no assunto como uma questão sem grandes consequências. Para eles, a integridade de Hazel Motes reside em sua tentativa vigorosa de livrar-se da figura maltrapilha que, em sua cabeça, se move de árvore em árvore. Para a autora, a integridade dele encontra-se em sua incapacidade de fazê-lo. Pode a integridade de alguém provir daquilo que se é incapaz de fazer? Acho que normalmente é assim, pois o livre-arbítrio não quer dizer uma vontade, mas muitas vontades conflitantes em um só homem. A liberdade não pode ser concebida de maneira simples. É um mistério, e daqueles que a um romance, mesmo um romance cômico, só se pode pedir que aprofunde.

No território do diabo[4]

Minha visão de livre-arbítrio segue o ensino católico tradicional. Não acho que algum romancista genuíno esteja interessado em escrever sobre um mundo de pessoas estritamente determinadas. Mesmo que escreva sobre personagens que predominantemente não tenham liberdade, é a ação livre repentina, a possibilidade aberta, que ele reconhece como a única coisa capaz de

[4] Das cartas escritas a Winifred McCarthy, publicado em Fresco, vol. I, n. 2, University of Detroit, fev. 1961.

iluminar o quadro e dar-lhe vida. De modo que aquelas ações predeterminadas e previsíveis têm um interesse cômico para mim, mas é no ato livre, na aceitação da graça em particular, que sempre tenho os olhos como a coisa que fará a história funcionar. Na história *Um Homem Bom é Difícil de Encontrar*, é o reconhecimento da avó de que o Desajustado é um de seus filhos; em "O rio", é o desejo peculiar do filho de encontrar o reino de Cristo; em "O negro artificial", é o que o negro artificial faz para reunir o Sr. Head e Nelson. Nada disso pode ser previsível. Essas ações representam o trabalho da graça em favor dos personagens.

O romancista católico crê que o pecado destrói a liberdade; o leitor moderno acredita, parece-me, que o pecado é o modo pelo qual se obtém a liberdade. Não há muita possibilidade de acordo entre os dois. Por isso, acho que, quanto mais o escritor deseja tornar visível o sobrenatural, mais realista ele tem de ser para poder criar um mundo natural, pois, se os leitores não aceitam o mundo natural, decerto não aceitarão nada mais.

Tarwater[5] certamente é livre e pretendia sê-lo; se ele parece ter a compulsão de ser profeta, só posso insistir que nessa compulsão há o mistério da vontade de Deus para ele, e que não é uma compulsão em sentido clínico. Entretanto, este é um assunto complicado e precisa ser esclarecido por

5 O herói de *The Violent Bear it Away*. [Em edição portuguesa: *O Céu é Dos Violentos*. Trad. Luís Coimbra. Lisboa, Relógio D'água, 2014.]

alguém com mais instrução do que eu. Quanto a Enoque,[6] trata-se de um tolo e sobretudo de uma personagem cômica. Não acho que seja importante saber se sua compulsão é clínica ou não.

Em minhas histórias, o leitor descobrirá que o diabo faz uma boa parte do trabalho de base que parece necessário antes que a graça seja eficaz. A visão final de Tarwater não podia ter surgido se ele não tivesse encontrado o homem no carro cor de alfazema. Esse é outro mistério.

[Os parágrafos a seguir são retirados de outro contexto, em grande medida repetitivo. Eles também são repetitivos, mas reforçam uma ideia.]

Para assegurar nosso senso de mistério, precisamos de um senso do mal que vê o mal como um espírito real que deve nomear-se a si mesmo, e não simplesmente nomear-se como um mal vago, mas nomear-se com sua personalidade específica para cada ocasião. A literatura, assim como a virtude, não prospera numa atmosfera em que o mal não é reconhecido como existente tanto em si mesmo quanto como necessidade dramática do escritor.

Vivemos, hoje, numa época em que se duvida tanto do fato quanto do valor. É a vida dessa época que pretendemos ver e julgar. O romancista já não pode refletir um equilíbrio a partir do mundo que vê a seu redor; em vez

---

[6] Um discípulo de Hazel Motes em *Wise Blood*. [Em edição brasileira: *Sangue Sábio*. Trad. José Roberto O'Shea. São Paulo, Siciliano, 1990.]

disso, tem de criar um. É o caminho do drama aquele que, com um golpe, o escritor tem de espelhar e julgar. Quando tal escritor tem um excêntrico como herói, ele não está simplesmente mostrando-nos o que somos, mas o que fomos e o que podemos nos tornar! Seu profeta-excêntrico é uma imagem de si mesmo.

Nesse cenário, a graça, no sentido teológico, não está ausente. Há um momento em toda grande história em que a presença da graça pode ser sentida como se esperasse ser aceita ou rejeitada, embora o leitor possa não reconhecer esse momento.

Escritores de histórias sempre falam sobre o que faz uma história "funcionar". Com base em minha própria experiência de tentar fazer as histórias "funcionarem", descobri que é necessário uma ação totalmente inesperada, embora inteiramente verossímil, e descobri que, para mim, é sempre uma ação que indica que a graça foi oferecida. Muitas vezes, é uma ação em que o diabo foi um instrumento involuntário da graça. Não é um fragmento de conhecimento que conscientemente ponho em minhas histórias; é uma descoberta que extraio delas.

Descobri, em suma, ao ler minha própria obra, que meu tema na ficção é a ação da graça no território amplamente ocupado pelo diabo.

Também descobri que o que escrevo é lido por um público que pouco valoriza tanto a graça quanto o diabo. Você descobre sua audiência ao mesmo tempo e do mesmo modo que descobre seu tema; mas é um florescimento adicional.

Parte 4

O ensino de literatura

De quando em quando, o romancista ergue os olhos de sua obra por tempo suficiente para tomar consciência da insatisfação do público geral com os romancistas. Há uma voz que vem de algum lugar e lhe diz que ele não está cumprindo sua tarefa, e que, se não se emendar logo, não haverá mais leitores de ficção — assim como, para fins práticos, não há mais leitores de poesia.

Claro, de todos os variados tipos de artista, o escritor de ficção é o mais atormentado pelo público. Pintores e músicos são protegidos por alguma coisa, visto que não lidam com algo sobre o que todos sabem, mas o escritor de ficção escreve sobre a vida, e, assim, qualquer um que viva se considera uma autoridade no assunto.

Acho que todos abordam o romance segundo seu interesse particular — o médico procura uma doença, o ministro procura um sermão, o pobre procura dinheiro, e o rico procura justificação; e se encontram o que querem, ou ao menos o que podem reconhecer, então julgam que a obra de ficção é superior.

Na disputa permanente entre o romancista e o público, o professor de inglês é um tipo de intermediário, e às vezes chego a pensar no que realmente acontece quando uma obra de ficção é posta diante dos estudantes. Imagino que essa seja uma experiência assustadora para o professor.

Tenho uma prima jovem que me disse que resenhou meu romance para a aula de inglês da nona série, e quando perguntei — sem um traço de gratidão — por que havia feito isso, ela disse: "Porque eu precisava apresentar um livro que a professora não tivesse lido". Então perguntei o que ela falou a respeito dele, ao que ela respondeu: "Eu disse: minha prima escreveu este livro". Perguntei se isso foi tudo que ela disse, e a resposta foi: "Não, o resto eu copiei da sobrecapa".

Assim, vocês veem que abordo este problema de modo realista mesmo, sabendo que talvez ele não tenha nenhuma solução deste lado do túmulo, mas sentindo, no entanto, que pode haver algum valor em falar sobre isso.

Quando estava no ensino médio ou na faculdade, não me lembro de nenhum romance ter-me sido apresentado para estudar como um romance. Na verdade, eu já estava prestes a obter o mestrado em inglês antes de realmente saber o que era a ficção, e tenho minhas dúvidas de que teria aprendido, à época, se não estivesse tentando escrevê-la. Acredito que é perfeitamente possível acompanhar uma graduação acadêmica em inglês, sair de lá com um aparentemente respeitável PhD e, ainda assim, não saber como ler ficção.

O fato é que as pessoas não sabem o que se espera que elas façam com um romance, acreditando, como muitos, que a arte deve ser utilitária, que deve fazer algo, em vez de ser algo. Seus olhos não se abriram para o que a ficção é, e são como os cegos que saem para visitar o elefante — cada um toca uma parte diferente e chega a uma conclusão diferente.

Bem, tenho a sensação de que, se se prestasse mais atenção, de um tipo técnico, ao tema da ficção nas escolas, até mesmo no ensino médio, essa situação seria melhorada.

Claro, estou numa posição ruim aqui. No que diz respeito ao ensino, estou num estado de absoluta inocência. Mas de fato acredito que ainda há um pouco de terreno comum entre o escritor de inglês e o professor de inglês. Se vocês pudessem eliminar o estudante de suas preocupações, e eu pudesse eliminar o leitor da minha, creio que seríamos capazes de encontrar-nos desfrutando de uma preocupação recíproca, que seria um amor pela linguagem e o que pode ser feito com ela pelo bem da verdade dramática. Acredito que esta é de fato a nossa principal preocupação, e que vocês não podem servir ao aluno, nem eu ao leitor, a menos que nosso objetivo principal seja verdadeiro para o sujeito e suas necessidades. Essa é a razão por que considero que o estudo do romance nas escolas deve ser um estudo técnico.

É função da ficção incorporar o mistério por meio dos costumes, e o mistério é um grande estorvo para a mente moderna. Antes da virada do século, Henry James escreveu que a jovem do futuro, embora fosse levada para tomar ar numa máquina voadora, não saberia nada de mistério ou costumes. James não tinha razão para limitar a previsão a um sexo; de resto, ninguém pode discordar muito dele. O mistério de que ele está falando é o mistério de nossa posição na terra, e os costumes são aquelas convenções que, nas mãos do artista, revelam aquele mistério central.

Não muito tempo atrás, um professor me disse que seus melhores alunos sentem que já não é mais necessário escrever nada. Contou-me que eles acham que agora tudo pode ser feito com imagens, e que o que não pode ser feito com imagens não vale a pena. Acho que é uma crença natural de uma geração que foi induzida a sentir que o objetivo da aprendizagem é eliminar o mistério. Para essas pessoas, a ficção pode ser muito perturbadora, pois o escritor de ficção está preocupado com o mistério, que está vivo. Ele está preocupado com o mistério supremo, com a forma como o encontramos encarnado no mundo concreto da experiência dos sentidos.

Uma vez que esse é seu objetivo, todos os níveis de significado na ficção pouco a pouco vão sendo encontrados no nível literal. Não há espaço para expressões abstratas de compaixão, ou piedade, ou moralidade na ficção em si. Isso quer dizer que o senso moral do escritor deve coincidir com seu senso dramático, o que torna a apresentação da ficção ao aluno, e particularmente ao estudante imaturo, muito difícil de fato.

Não sei como o tema é abordado agora, ou se é abordado de algum modo, mas, quando estava na escola, eu observava uma série de métodos com que o professor diligente de inglês podia ignorar a natureza da literatura, mas continuar a ensinar o assunto.

O mais popular desses modos era simplesmente ensinar história literária em seu lugar. A ênfase estava no que foi escrito em tal momento e no que estava acontecendo no mundo à época. Ora, não acho que essa seja uma disciplina a ser desprezada. Decerto os estudantes precisam conhecer essas coisas. O senso histórico está em grande decadência. Talvez os estudantes vivam num eterno presente, e é necessário informá-los de que um navio *viking* não estava equipado como o *Queen Mary*[1] e de que o Lord Byron não chegou à Grécia pelo ar. Ao mesmo tempo, isso não é ensinar literatura, e não basta para sustentar o interesse dos alunos nela quando estes deixarem a escola.

Então, acho que outro modo popular de evitar ensinar literatura era estar preocupado exclusivamente com o autor e sua psicologia. Por que Hawthorne era melancólico? O que fez Poe beber destilados? Por que Henry James gostava mais da Inglaterra que dos Estados Unidos? Essas ruminações podem se estender por tempo indeterminado e adiar indefinidamente qualquer consideração da obra

[1] *Queen Mary* é o nome de um navio transatlântico que navegou pelo Atlântico Norte de 1936 a 1967. (N. T.)

propriamente dita. Na verdade, uma obra de arte existe sem seu autor a partir do momento em que as palavras estão no papel, e quanto mais completa é a obra, menos importante é quem a escreveu ou por quê. Quando se estuda literatura, as intenções do escritor têm de ser encontradas na própria obra, não na vida dele. A psicologia é um assunto interessante, mas dificilmente será a principal preocupação do professor de inglês.

Tampouco o é a sociologia. Quando eu ia para a escola, um romance podia ser lido numa aula de inglês porque representava determinado problema social de interesse do momento. A boa ficção lida com a natureza humana. Se usa material atual, ainda assim não o usa para um propósito momentâneo, e se o que se quer de qualquer jeito são atualidades, é melhor procurar um jornal.

Mas percebi que havia ocasiões em que todos esses métodos se exauriam, e o desafortunado professor de inglês era confrontado diretamente com o problema de ter de ensinar literatura. Isso jamais seria feito, claro, e o que tinha de ser feito, então, era simplesmente matar o assunto por completo. Integrá-lo à existência. Fui certa vez a um colégio em que todos os temas eram chamados de "atividades", e estavam tão bem integrados que não havia assuntos definidos que ensinar. Percebi que, se for astuto e dinâmico, você consegue integrar literatura inglesa com geografia, biologia, economia doméstica, basquetebol ou prevenção de incêndios — e exatamente qualquer coisa que possa postergar um pouco mais o terrível dia em que a história ou o romance devem ser examinados simplesmente como história ou romance.

A culpa do fracasso do estudo técnico da literatura, creio, encontra-se mais na imaturidade do aluno que no despreparo do professor. Não pude me pronunciar sobre isso, claro, mas, como escritora com certas memórias sinistras de dias e meses "matando o tempo" na escola, posso pelo menos arriscar a opinião de que a culpa pode ser compartilhada. De todo modo, não acho que os professores de inglês do país tenham o direito de ser complacentes com seu serviço à literatura, visto que o aparecimento de uma obra de ficção realmente boa é tão raro na lista dos mais vendidos — a boa ficção é escrita com mais frequência do que é lida. Eu sei, ou pelo menos me deram a entender, que muitos dos formados do ensino médio vão para a faculdade sem saber que um ponto final normalmente segue-se ao fim da oração; mas o que me parece ainda mais chocante é a quantidade daqueles que saem da faculdade trazendo consigo um apreço eterno pela ficção juvenil e adocicada.

Não sei se estou estabelecendo objetivos elevados demais ou baixos demais para o professor de inglês quando sugiro que, ao menos em parte, é responsabilidade sua mudar a cara da lista dos mais vendidos. Entretanto, sinto que o papel do professor é mais fundamental que o do crítico. Acho que, em última instância, depende do fato de que sua primeira obrigação é perante a verdade do assunto que está ensinando, e que, para tornar-se um hábito e um prazer, a leitura de literatura deve primeiro ser uma disciplina.

O estudante tem de ter as ferramentas para compreender uma história ou um romance, e essas são ferramentas próprias para a estrutura da obra, ferramentas adequadas para o ofício. São ferramentas que operam dentro da obra, e não fora dela; ocupam-se de como a história é feita e com o que a faz funcionar como história.

Você pode dizer que isso é difícil demais para o estudante, mas, na verdade, começar com o que pode ser conhecido de modo técnico acerca da história, ou do romance, ou do poema é começar com o menor denominador comum. E você pode perguntar o que um entendimento técnico de um romance, ou de um poema, ou de uma história tem a ver com o negócio do mistério, a encarnação daquilo que com todo o cuidado venho dizendo que é a essência da literatura. Tem muito a ver com ele, e isso talvez seja mais bem compreendido no ato da escrita.

No ato da escrita, vê-se que o modo como uma coisa é feita controla todo o seu significado e é inseparável dela. A forma de uma história lhe confere um significado que nenhuma outra forma poderia mudar, e, a menos que seja capaz, em algum grau, de apreender a forma, o estudante jamais apreenderá mais nada acerca da obra, exceto o que é extrínseco a ela como literatura.

O resultado do estudo adequado de um romance deveria ser a contemplação do mistério que nele se encarna, mas esta é uma contemplação do mistério na obra inteira, não de uma proposição ou uma paráfrase. Não é o rastreamento de uma moral exprimível ou uma declaração sobre a vida. Uma professora de inglês que conheci certa vez perguntou a seus alunos qual era a moral de *A Letra Escarlate*, e uma das respostas que recebeu foi que a moral de *A Letra Escarlate* era: "pense duas vezes antes de cometer adultério".

Muitos estudantes são induzidos a sentir que, se puderem mergulhar profundamente numa obra de ficção e sair de lá com uma proposição edificante como esta, seu esforço não foi em vão.

Eu acho, a julgar pelo que a nação lê, que a maior parte de nosso esforço no ensino de literatura tem sido em vão, e acho que isso é ainda mais evidente quando ouvimos o que as pessoas pedem de um romancista. Se as pessoas não sabem o que vão receber, elas ao menos sabem o que querem. Possivelmente, a pergunta feita com mais frequência nesses dias acerca da ficção moderna é: por que continuamos a receber romances sobre excêntricos e pobres, sempre envolvidos em alguma ação violenta e destrutiva, quando, na verdade, neste país, somos ricos e poderosos e democráticos, e o homem na rua é tomado por uma boa vontade que transborda em todas as direções?

Acho que esse tipo de pergunta é só uma das muitas tentativas, inconscientes talvez, de separar o mistério e os costumes na ficção, e assim torná-la mais palatável ao gosto moderno. Pede-se ao romancista que comece com um exame das estatísticas em vez de começar com um exame de consciência. Ou, se tem de examinar a própria consciência, pede-se-lhe que o faça à luz das estatísticas.

Receio, no entanto, que este não seja o modo como o romancista usa seus olhos. Para ele, o julgamento está implícito no ato de ver. Sua visão não pode ser separada de seu senso moral.

Os leitores receberam algo do hábito de sentir que têm de extrair uma moral explicável de um romance. Agora sentem que têm de extrair uma teoria social que faça a vida moral mais digna de ser vivida. O que eles desejam eliminar da ficção, a todo custo, é o mistério cuja perda James previu. O contador de histórias deve traduzir o que vê, não o que acha que tem de ver, mas isso não quer dizer que ele não possa ser, ou que não seja, um moralista no sentido próprio do termo.

Parece que o escritor de ficção tem um vínculo revoltante com o pobre, pois, até quando escreve sobre os ricos, está mais preocupado com o que lhes falta do que com o que eles têm. Tenho muito medo de que, para o escritor de ficção, o fato de que sempre teremos os pobres entre nós seja uma fonte de satisfação, pois quer dizer, essencialmente, que sempre será capaz de encontrar alguém como ele mesmo. A preocupação dele com o pobre é com uma pobreza fundamental ao homem. Creio que a experiência básica de todos é a experiência da limitação humana.

Um homem que leu meu romance enviou-me uma mensagem por intermédio de um tio meu. Disse ele: "Diga àquela moça que pare de escrever sobre os pobres!". Disse também: "Vejo pobres todos os dias e estou bem cansado deles, então, quando leio, não quero ver mais deles".

Bem, essa foi a primeira vez que me ocorreu que as pessoas sobre as quais eu estava escrevendo eram muito mais pobres do que quaisquer outras, e acho que a razão disso é muito interessante, e talvez possa explicar em grande medida como o romancista olha para o mundo.

O romancista escreve sobre o que vê na superfície, mas seu ângulo de visão é tal que ele começa a ver antes de alcançar a superfície e continua a ver depois de a ter ultrapassado. Começa a ver nas profundezas de si mesmo, e parece-me que sua posição aqui repousa sobre o que certamente deve ser a base de toda experiência humana — a experiência de limitação ou, se quiserem, de pobreza.

Kipling disse que, se quisesse escrever histórias, você não deveria enxotar os pobres de sua porta. Acho que ele quer dizer que os pobres vivem com menos "acolchoamento" entre eles e as forças rudimentares da vida e que, por essa razão, é uma fonte de satisfação para o romancista que sempre os tenhamos conosco. Mas o romancista sempre os terá consigo porque pode encontrá-los em qualquer lugar. Assim como à vista de Deus todos somos crianças, na visão do romancista somos todos pobres, e o pobre de verdade apenas simboliza para ele o estado de todos os homens.

Quando alguém escreve acerca do pobre a fim de simplesmente revelar sua carência material, está fazendo o que o sociólogo faz, não o que faz o artista. A pobreza sobre a qual ele escreve é tão essencial que não precisa ter nada que ver com dinheiro.

Claro, Kipling, como a maioria dos escritores de ficção, era atraído pelos costumes do pobre. O pobre ama formalidade, acredito, ainda mais do que a riqueza, mas seus costumes e suas formas sempre são interrompidos pela necessidade. O mistério da existência sempre é mostrado por meio da textura de suas vidas ordinárias, e receio que isso os torne irresistíveis aos romancistas.

Um senso de perda nos é natural, e é só nestes séculos em que somos afligidos pela doutrina da perfectibilidade da natureza humana pelo esforço próprio que a visão dos excêntricos na ficção é tão perturbadora. O excêntrico na ficção moderna normalmente nos é perturbador porque nos impede de esquecer que compartilhamos de sua condição. A única ocasião em que ele há de ser-nos perturbador é quando é mostrado como um homem inteiro.

Que isso aconteça com frequência, não posso negar, mas, com a mesma frequência com que acontece, isso indica uma doença não só do romancista, mas também da sociedade que lhe deu seus valores.

Todo romancista tem suas preocupações, e ninguém consegue ver e escrever tudo. Deve-se esperar uma visão parcial, mas uma visão parcial não é uma visão desonesta a menos que tenha sido imposta. Não acho que tenhamos algum direito de exigir de nossos romancistas que escrevam um romance americano de jeito nenhum. Um romance que pudesse ser descrito simplesmente como um romance americano e nada mais seria um empreendimento limitado demais para um romancista perder tempo com isso. Como escritora de ficção que é sulista, uso o idioma e os costumes do país que conheço, mas não considero que escrevo sobre o Sul. No que me diz respeito como romancista, uma bomba em Hiroshima afeta meu julgamento da vida na Geórgia rural, e isso não é o resultado de assumir uma visão relativa de julgar um pelo outro, mas de assumir uma visão absoluta e julgar todas as coisas juntas; pois uma visão assumida à luz do absoluto incluirá uma boa medida além daquela que é assumida meramente à luz fornecida por um censo de porta em porta.

Efeito global e a oitava série

Em dois exemplos recentes na Geórgia, pais contestaram as indicações de leitura de ficção moderna de seus filhos na oitava e na nona série. Isso parece acontecer com alguma regularidade em todo o país. O pai desavisado pega o livro da criança, dá uma olhada, chega a passagens com detalhes eróticos ou blasfêmias e vai imediatamente reclamar com a direção da escola. Às vezes, como num dos casos da Geórgia, o professor é demitido e desperta-se a fúria de círculos progressistas por toda parte.

Os dois casos na Geórgia, que envolviam *A Leste do Éden*, de [John] Steinbeck, e *Um Sino Para Adano*, de John Hersey, provocaram considerável repercussão nos jornais. Um colunista, ao elogiar a iniciativa dos professores, declarou que estudantes não gostam de ler as obras emboloradas do século XIX, que é melhor atrair a atenção deles com romances que lidam com a realidade de nossa época e que a Bíblia também está cheia de histórias picantes.

O próprio Sr. Hersey escreveu uma carta ao secretário da Educação em nome do professor que fora demitido. Ele assinalava que seu livro não é escandaloso, que tenta transmitir uma mensagem sincera sobre a natureza da democracia, e que cai bem, dentro dos limites do princípio do "efeito global", aquele princípio seguido em processos judiciais que afirma que um livro é julgado não por suas partes isoladas, mas pelo efeito final do livro inteiro sobre o leitor em geral.

Não quero entrar no mérito desses casos em particular. O que me preocupa é quais livros devem ser indicados à oitava e à nona séries como algo natural, pois, se esses casos indicam alguma coisa, indicam a maneira fortuita com que se aborda a ficção em nosso ensino médio. Supostamente, há uma lista de leitura nacional, que contém livros "seguros" para indicação dos professores; a partir daí, a decisão cabe ao professor.

Professores de inglês podem ser bons, maus ou indiferentes, mas com muita frequência, no ensino médio, qualquer um que fale inglês tem autorização para ensiná-lo. Uma vez que não se podem reunir facilmente muitos romances num livro-texto, a ficção indicada aos estudantes depende do conhecimento, da capacidade e do gosto do professor: na melhor das hipóteses, algo variável. Na maioria dos casos, o professor indica o que acha que despertará a atenção e o interesse dos alunos. E a ficção moderna certamente o fará.

Nossa época é a primeira da história que pergunta às crianças o que elas tolerariam aprender — mas essa é uma parte do problema com a qual não estou preparada para lidar. O demônio do educacionismo que nos possui é do tipo que só pode ser "expulso com jejum e oração". Ainda não apareceu ninguém forte o bastante para fazer isso. Em outras épocas, a atenção das crianças era dirigida a Homero e Virgílio, entre outros, mas, na contramão do processo evolutivo, isso já não é possível; nossas crianças são estúpidas demais agora para penetrar imaginativamente no passado. Ninguém pergunta ao estudante se ele gosta de álgebra ou se acha satisfatório que alguns verbos franceses sejam irregulares — mas, se prefere Hersey a Hawthorne, seu gosto deve prevalecer.

Gostaria de apresentar a proposta, repugnante para a maioria dos professores de inglês, de que a ficção, se há de ser ensinada no ensino médio, que o seja como um objeto de estudo, e um objeto com uma história. O efeito global de um romance não depende apenas de seu impacto natural, mas também da experiência, literária ou qualquer outra, com que é abordado. Criança nenhuma precisa de uma indicação de Hersey ou de Steinbeck até que esteja familiarizada com certa quantidade das melhores obras de [James Fenimore] Cooper, [Nathaniel] Hawthorne, [Herman] Melville, o primeiro [Henry] James e [Stephen] Crane, e não precisa dessas indicações até que tenha sido apresentada a alguns dos melhores romancistas ingleses dos séculos XVIII e XIX.

O fato de essas obras não lhe apresentarem a realidade de seu próprio tempo é para o seu bem. A criança está cercada pela realidade de sua época e não tem nenhuma outra perspectiva da qual possa vê-la. A exemplo do universitário que escreveu num artigo sobre [Abraham]

Lincoln [1809-1865] que esse foi baleado ao ir ao cinema, muitos estudantes vão para a universidade sem saber que o mundo não foi criado ontem; seus estudos começam com o presente e, por vezes, voltam-se ao passado quando este parece necessário ou inevitável.

Há muito que apreciar nos grandes romances britânicos do século XIX, muitas coisas que neles um bom professor pode desvendar para o jovem estudante. Não há razão para que esses romances sejam simples demais ou difíceis demais para a oitava série. Aos simples, oferecem prazeres simples; aos mais precoces, podem proporcionar prazeres mais sutis, se o professor for capaz disso. Que o estudante descubra, depois de ler o romance britânico do século XIX, que o romance americano do século XIX é totalmente diferente quanto a suas características literárias — assim ele aprenderá algo não apenas sobre essas obras em particular, mas sobre a profunda transformação que uma nova situação histórica pode provocar numa forma literária. Que ele chegue à ficção moderna munido dessa experiência, e então estará mais bem-preparado para ver e lidar com as exigências mais complicadas da melhor ficção do século XX.

A ficção moderna geralmente parece mais simples que a ficção que a precedeu, mas na verdade é mais complexa. Ocorreu uma evolução natural. O autor, em grande medida, abstinha-se da participação direta na obra e deixava o leitor fazer seu próprio caminho em meio a experiências dramaticamente processadas e simbolicamente ordenadas. O romancista moderno funde o leitor na experiência;

ele tende a despertar as paixões em que toca. Se é um bom romancista, desperta-as para provocar por sua ordem e clareza uma experiência nova — o efeito global — que não é em si mesmo sensorial ou simplesmente de momento. A menos que tenha tido alguma experiência literária anterior, a criança não será capaz de equacionar num quadro geral, verdadeiro, as paixões imediatas que o livro desperta.

É aqui que surge o problema moral. Para a criança, ler sobre o adultério na *Bíblia* ou em *Anna Karenina* é uma coisa, ler sobre isso na ficção moderna é outra completamente diferente. É assim não só porque em ambos os exemplos anteriores o adultério é considerado um pecado, e no último, no máximo, um inconveniente, mas porque a escrita moderna envolve o leitor na ação com um novo grau de intensidade, e as convenções literárias agora lhe permitem envolver-se em qualquer ação que um homem possa realizar.

Em nossa cultura fraturada, não podemos chegar a um consenso quanto à moral; não podemos nem mesmo concordar que questões morais têm primazia em relação a questões literárias quando há um conflito entre elas. Tudo isso é outra razão por que o ensino médio faria bem em voltar à sua missão de lançar as bases. Se se devem indicar romancistas modernos aos alunos do último ano, depende tanto do consentimento dos pais quanto do que já leram e compreenderam.

O professor de inglês do ensino médio cumprirá sua responsabilidade se der ao estudante uma oportunidade guiada de, passando pelos melhores escritos do passado, chegar, no devido tempo, a um entendimento dos melhores escritos do presente. Ensinará literatura, não estudos sociais nem pequenas lições de democracia ou sobre os costumes de muitos lugares.

E se o estudante achar que isso não é para o seu gosto? Bem, é lamentável. Muito. Contudo, seu gosto não deve ser consultado; ainda está sendo formado.

Parte 5

A Igreja e o escritor de ficção

A pergunta a respeito de que efeito o dogma católico exerce sobre o escritor de ficção católico nem sempre pode ser respondida indicando-se a presença de Graham Greene entre nós. Não se deve pensar apenas nos dons que entraram nos trilhos, mas também nos que se desviaram pelo caminho e naqueles que nunca se desenvolveram. Algum tempo atrás, os editores da *Four Quarters*, uma revista trimestral publicada pelo La Salle College, na Filadélfia, publicaram um encarte especial sobre a morte dos escritores católicos entre os graduados em faculdades católicas. Em resposta, apareceram cartas de escritores e críticos, católicos e não católicos.

Essa correspondência variava desde a afirmação de Philip Wylie, segundo a qual "um católico, se devoto, isto é, crente na autoridade da Igreja, é também alguém que passou por lavagem cerebral, quer perceba, quer não" (e consequentemente não tem a liberdade necessária para ser um escritor criativo de primeira linha), até a bastante repetida explicação de que o católico neste país padece de uma estética paroquiana e de um isolamento cultural. Uns poucos sustentavam que a situação entre católicos não era pior que entre outros grupos, uma vez que é sempre difícil encontrar mentes criativas; outros tantos sustentavam que nossa época é que é a responsável.

O corpo docente de uma universidade há de considerar que esse é um problema educacional; o escritor católico há de considerá-lo um problema pessoal. Quer seja graduado por uma faculdade católica, quer não, se entende a Igreja como esta entende a si mesma, o escritor deve avaliar o que esta lhe exige e se ela restringe sua liberdade. Sendo o material e o método da ficção o que são, o problema pode parecer maior para o escritor de ficção do que para qualquer outro.

Para o escritor de ficção tudo é posto à prova no olho, um órgão que acaba envolvendo a personalidade inteira e tanto do mundo quanto estiver ao seu alcance. O monsenhor Romano Guardini escreveu que as raízes do olho estão no coração. Em todo caso, para o católico, aquelas raízes se estendem às profundezas do mistério que divide o mundo moderno — uma parte tenta eliminar o mistério, enquanto a outra tenta redescobri-lo em disciplinas pessoalmente menos exigentes que a religião. O que o Sr. Wylie sustenta é que o escritor católico, porque crê em certo número definido de mistérios, não pode, pela natureza das coisas, enxergar com precisão; e essa afirmação não é, com efeito, muito diferente daquela feita por católicos que declaram que, por mais que o escritor católico veja, há certas coisas que ele não deve ver, nem com precisão, nem de jeito nenhum. Esses são os católicos vítimas da estética paroquiana e do isolamento cultural; e é interessante encontrá-los compartilhando, ainda que por uma fração de segundo, a mesma base intelectual do Sr. Wylie.

Geralmente se supõe, e não menos entre católicos, que o católico que escreve ficção tem de usar sua ficção para provar a verdade de sua fé ou, pelo menos, provar a existência do sobrenatural. Ele pode fazê-lo. Ninguém é capaz de saber ao certo seus motivos, exceto na medida em que estes se insinuam na obra terminada; mas, quando a obra terminada sugere que as ações pertinentes foram fraudulentamente manipuladas, omitidas ou abrandadas, quaisquer que tenham sido seus propósitos iniciais, ele já terá fracassado. O que o ficcionista descobrirá, se é que descobrirá alguma coisa, é que ele mesmo não pode mudar ou moldar a realidade em nome de uma verdade abstrata. O escritor aprende, talvez mais rapidamente que o leitor, a ser humilde diante daquilo que é. Aquilo que é é tudo o que ele possui; o concreto é o seu meio; e ele perceberá, por fim, que a ficção só pode transcender suas limitações se submeter-se a elas.

Henry James dizia que a moralidade de uma peça de ficção depende da quantidade de "vida sentida" que nela há. O escritor católico, na medida em que tem a mente da Igreja, sentirá a vida desde a perspectiva do mistério cristão central; uma vida pela qual, com todo o seu horror, Deus achou que valia a pena morrer.

Para a mente moderna, como representada pelo Sr. Wylie, essa é uma visão deformada que "tem pouca ou nenhuma relação com a verdade tal como a conhecemos hoje". O católico que não escreve para um círculo limitado de irmãos católicos levará em conta, muito provavelmente, uma vez que essa é a sua visão, que está escrevendo para um público hostil e se preocupará, mais do que nunca, com que sua obra se sustente pelas próprias pernas e seja completa, autossuficiente e impecável por seu próprio mérito. Quando as pessoas me disseram que por ser católica não podia ser artista, fui obrigada a responder com pesar, dizendo: justamente porque sou católica é que não posso me dar ao luxo de ser menos que artista.

As restrições que qualquer escritor impõe à sua obra crescerão a partir das necessidades que se encontram no próprio material, e estas geralmente serão mais rigorosas do que as que qualquer religião poderia impor. Parte da complexidade do problema para o ficcionista católico será a presença da Graça do modo como esta aparece na natureza; para ele, o que importa aqui é que sua fé não se separe de seu senso dramático e de sua visão de como são as coisas. Entretanto, nos dias de hoje, ninguém parece mais ansioso para separá-los do que aqueles católicos que exigem que o escritor limite, no plano natural, o que ele se permite ver.

Se se pudesse chegar ao leitor católico médio por meio da inundação de cartas ao editor e outros lugares onde ele às vezes se revela, encontraríamos algo próximo de um maniqueu. Ao separar tanto quanto possível natureza e graça, ele reduz sua concepção do sobrenatural a um clichê piedoso e só é capaz de reconhecer a natureza na literatura de duas formas: a sentimental e a obscena. Parece preferir a primeira, embora tenha mais autoridade na segunda, mas a semelhança entre as duas geralmente lhe escapa. Ele se esquece de que o sentimentalismo é um excesso, uma distorção do sentimento, em geral na direção de uma ênfase exagerada na inocência; e essa inocência, onde quer que seja enfatizada de modo excessivo na condição humana normal, tende, por alguma lei natural, a tornar-se o seu oposto. Perdemos nossa inocência na Queda de nossos primeiros pais, e nosso retorno a ela se dá por meio da redenção que nos foi trazida pela morte de Cristo e por nossa lenta participação nela. O sentimentalismo é um salto desse processo em sua realidade concreta e uma chegada precoce a um falso estado de inocência, que vigorosamente sugere seu oposto. A pornografia, por outro lado, é essencialmente sentimental, pois omite a conexão entre o sexo e seus propósitos inerentes, desconecta-o de seu sentido na vida e faz dele simplesmente um fim em si mesmo.

Tem-se feito muitas queixas bem fundamentadas a respeito da literatura religiosa, no sentido de que ela tende a minimizar a importância e a dignidade da vida aqui e agora em favor da vida no outro mundo ou em favor de manifestações miraculosas da graça. Quando é produzida de acordo com sua natureza, a ficção deve reforçar nosso senso do sobrenatural fundamentando-o na realidade concreta observável. Se o escritor usar seus olhos na verdadeira segurança de sua fé, ele será obrigado a usá-los honestamente, e o senso do mistério e a aceitação dele crescerão. Olhar para o pior dos males não será para ele nada mais que um ato de confiança em Deus; mas o que é uma coisa para o escritor pode ser outra para o leitor. Aquilo que leva o escritor à salvação pode levar o leitor ao pecado, e o escritor católico que vê essa possibilidade olha diretamente o rosto da Medusa e vira pedra.

Já alguém que tenha enfrentado o problema está equipado com o conselho de Mauriac: "purifique a fonte". E, junto com tal conselho, ele toma consciência de que, enquanto tenta fazer isso, tem de continuar escrevendo. Também fica ciente de fontes que, relativamente falando, parecem bastante puras, mas podem dar origem a obras que escandalizam. O escritor pode sentir que é igualmente pecaminoso escandalizar instruídos e ignorantes. No fim, terá de parar de escrever ou limitar-se aos problemas próprios daquilo que está criando. É a pessoa que não pode seguir nenhuma dessas direções que se torna a vítima não dos dogmas da Igreja, mas de uma falsa concepção das exigências que essa lhe faz.

A tarefa de proteger as almas da literatura perigosa pertence propriamente à Igreja. Nem toda ficção, mesmo quando atende às exigências da arte, é adequada para o consumo de todos, e se em algum caso a Igreja considera conveniente proibir o fiel de ler uma obra sem permissão, o autor, se for católico, será grato pela disposição da Igreja de prestar-lhe esse serviço. Isso quer dizer que ele pode limitar-se às exigências da arte.

O fato é que para muitos escritores parece mais fácil supor uma responsabilidade universal pelas almas do que produzir uma obra de arte; e considera-se melhor salvar o mundo do que salvar a obra. Essa visão provavelmente deve tanto ao romantismo quanto à piedade, mas o escritor não estará propenso a acolhê-la a menos que a tenham inculcado por meio de uma lastimável educação ou a menos que escrever não seja sua vocação principal. Que se lhe tenham inculcado isso pela atmosfera geral da piedade católica neste país é difícil de negar, e, ainda que não seja a responsável por todos os talentos assassinados ao longo do caminho, essa atmosfera é pelo menos geral o suficiente para dar um ar de credibilidade à concepção que o Sr. Wylie tem a respeito do que a crença num dogma faz com a mente criativa.

A crença num dogma permanente não pode determinar o que acontece na vida do crente ou cegá-lo para essas coisas. Ela, sem dúvida, acrescentará à observação do escritor uma dimensão que muitos não podem, conscientemente, reconhecer; mas, enquanto o que puderem reconhecer estiver presente na obra, não podem alegar que qualquer liberdade tenha sido negada ao escritor. Uma coisa é uma dimensão subtraída; outra coisa é uma dimensão acrescentada, e o que o escritor e o leitor católicos devem lembrar é que a realidade da dimensão acrescentada será julgada numa obra de ficção pela veracidade e integridade no nível literal dos acontecimentos naturais apresentados. Se espera revelar mistérios, o escritor católico terá de fazê-lo por meio de uma descrição sincera do que vê a partir de onde ele se encontra. Não se pode exigir dele uma visão puramente afirmativa sem limitar sua liberdade de observar o que o homem fez com as coisas de Deus.

Se pretendemos incentivar ficcionistas católicos, devemos convencer aqueles que seguem a Igreja de que esta não lhes restringe a liberdade de ser artistas; antes, a garante (as restrições da arte são outra questão). Convencê-los disso requer, talvez mais que qualquer outra coisa, um corpo de leitores católicos capazes de reconhecer algo na ficção além das passagens que consideram obscenas. É bastante popular a ideia de que qualquer pessoa capaz de ler uma lista telefônica é também capaz de ler um conto ou um romance, e é mais do que comum encontrar a seguinte postura entre católicos: uma vez que temos a posse da verdade na Igreja, podemos usar essa verdade diretamente como instrumento para julgar qualquer disciplina a qualquer momento sem levar em conta a natureza da disciplina propriamente dita. Leitores católicos constantemente ficam ofendidos e escandalizados por romances para cuja leitura, em primeiro lugar, não têm o mínimo preparo indispensável — e frequentemente essas obras estão permeadas por um espírito cristão.

É quando a fé individual é fraca, não quando é forte, que o leitor temerá uma representação ficcional honesta da vida; quando há tendência a compartimentalizar o espiritual e a fazê-lo residente apenas em certo tipo de vida, o sentido do sobrenatural está prestes a se perder. A ficção, feita de acordo com suas próprias leis, é um antídoto a tal tendência, pois renova nosso conhecimento de que vivemos no mistério do qual extraímos nossas abstrações. O ficcionista católico, enquanto ficcionista, buscará primeiro a vontade de Deus nas leis e limitações de sua arte e esperará que, se as obedecer, as demais coisas sejam acrescentadas à sua obra. A mais bem-aventurada dessas (e a única que ele pode esperar) será a satisfação do leitor católico.

[Mais ou menos na época em que o artigo foi publicado, Flannery O'Connor usou parte dele numa palestra que preparou para proferir em Notre Dame em 16 de abril de 1957, palestra da qual ela tirou materiais mais tarde publicados em "O escritor de ficção e seu país" e "Alguns aspectos do grotesco na ficção sulista", e em que os parágrafos a seguir também aparecem. Foram citados na introdução de Robert Fizgerald ao livro póstumo de contos da senhorita O'Connor, Everything That Rises Must Converge (Tudo Que Sobe Deve Convergir)*.]*

A visão católica sacramental da vida sempre sustenta e apoia a visão que o contador de histórias deve ter quando pretende escrever ficção com alguma profundidade. Ao contrário do que pensa o Sr. Wylie, a Igreja, longe de restringir o escritor católico, geralmente lhe proporciona mais vantagens do que ele está disposto ou é capaz de aproveitar, e normalmente suas produções lamentáveis são resultado, não das restrições que a Igreja lhe impôs, mas das restrições que ele não conseguiu impor a si mesmo. A liberdade é inútil sem o gosto e sem a competência ordinária para seguir as leis particulares do que recebemos como tarefa. Se escrever é sua vocação, então, como escritor, você buscará primeiro a vontade de Deus por meio das leis e limitações do que você está criando; sua primeira preocupação serão as necessidades que se apresentam na obra.

... O escritor de ficção sério pensará que qualquer história que pode ser inteiramente explicada pela motivação adequada de suas personagens ou por uma imitação crível do modo de vida, ou por uma teologia própria, não será uma história grande o bastante com que ele deve ocupar-se. Isso não quer dizer que ele não tenha de preocupar-se com a motivação adequada, ou com referências precisas, ou com uma teologia correta; ele se preocupa; contudo, tem de preocupar-se com essas coisas somente porque o significado de sua história não começa senão na profundidade em que essas coisas se exauriram. O escritor de ficção apresenta o mistério por meio dos costumes, a graça por meio da natureza, mas quando termina, sempre há aquela sensação de mistério que não pode ser explicada por nenhuma fórmula humana.

Romancista e crente

Como sou romancista, e não filósofa ou teóloga, tenho de entrar nessa discussão num nível muito mais baixo e seguir por um caminho muito mais estreito do que o que me seria mais desejável. Para os fins deste simpósio,[1] foi sugerido que concebêssemos a religião em sentido lato, como expressão da preocupação última do homem, em vez de identificá-la com o judaísmo, com o cristianismo institucional ou com "ir à igreja".

Vejo a utilidade disso. É uma tentativa de ampliar a noção do que é uma religião e de como o religioso precisa ser exprimível na arte de nosso tempo. Mas, na tentativa de ampliar as ideias dos estudantes, sempre há o perigo de acabar por evaporá-las, e acho que nada neste mundo está tão sujeito à rápida evaporação quanto as preocupações religiosas.

Como escritora, a maior parte do meu trabalho é tornar tudo, mesmo uma preocupação crucial, o mais sólido, concreto e específico possível. O escritor começa seu trabalho no ponto em que o conhecimento se inicia — nos

---

[1] Em Sweet Briar College, Virgínia, mar. 1963.

sentidos; ele trabalha com as limitações da matéria e, a menos que esteja escrevendo fantasia, tem de permanecer dentro das possibilidades concretas de sua cultura. Está vinculado a seu passado particular e às instituições e tradições que seu passado legou a sua sociedade. No Ocidente, fomos formados pela tradição judaico-cristã. Estamos ligados a ela por fios que frequentemente podem ser invisíveis, mas que, ainda assim, estão lá. Essa tradição moldou o nosso secularismo; formou inclusive o molde do ateísmo moderno. De minha parte, devo permanecer bem dentro da tradição judaico-cristã. Tenho de falar, sem meias palavras, da Igreja, mesmo quando a Igreja está ausente; de Cristo, mesmo quando Ele não é reconhecido.

Quando alguém fala como cientista, creio que seja possível desconsiderar grande parte da personalidade e falar simplesmente como cientista; porém, quando alguém fala como romancista, precisa falar da mesma maneira que escreve — com toda a personalidade. Muitos alegam que o trabalho de um romancista é mostrar-nos como o homem sente, e dizem que essa é uma operação em que seus próprios compromissos não interferem de maneira alguma. O romancista, como se diz, está em busca de um símbolo para expressar um sentimento, e se ele for judeu, cristão, budista ou o que quer que seja não faz diferença para a adequação do símbolo. Dor é dor, alegria é alegria, amor é amor, e essas emoções humanas são mais fortes do que qualquer simples crença religiosa; são o que são, e o romancista mostra-as exatamente assim. Isso é verdade até certo ponto, mas não dá conta de um romance. A grande ficção envolve todo o espectro do discernimento humano; não se trata simplesmente da imitação de um sentimento. O bom escritor não apenas encontra um símbolo para o sentimento; encontra um símbolo e um modo de fixá-lo que diz ao leitor inteligente se esse sentimento é adequado ou inadequado, se é moral ou imoral, se é bom ou mau. E sua teologia, mesmo em seu mais remoto alcance, terá influência direta sobre ele.

Faz uma grande diferença para a feição de um romance se seu autor crê que o mundo veio à existência e se sustenta por um ato criativo de Deus ou se crê que o mundo e nós mesmos somos produtos de um acidente cósmico. Faz uma grande diferença para o romance se seu autor crê que fomos criados à imagem de Deus ou se crê que fomos nós que criamos um Deus com nossas próprias mãos. Faz uma grande diferença se ele crê que nossa vontade é livre ou determinada como a dos outros animais.

Santo Agostinho escreveu que as coisas do mundo emanam de Deus de duas maneiras: intelectualmente, na mente dos anjos, e fisicamente, no mundo das coisas. Para a pessoa que crê nisso — como o mundo ocidental sustentou até poucos séculos atrás —, este mundo físico, sensível, é bom porque provém de uma fonte divina. O artista geralmente sabe disso por instinto; seus sentidos, que são usados para penetrar o concreto, assim o dizem. Quando Conrad disse que seu objetivo como artista era fazer a mais alta justiça possível ao universo visível, ele estava falando com o mais firme instinto de romancista. O artista penetra o mundo concreto a fim de encontrar em suas profundezas a imagem de sua fonte, a imagem da realidade última. Isso de forma alguma atrapalha sua percepção do mal, mas, ao contrário, torna-a mais aguda, pois somente quando o mundo natural é visto como bom é que o mal se torna inteligível como força destrutiva e como consequência necessária de nossa liberdade.

Nos últimos séculos, temos vivido num mundo cada vez mais convencido de que os limites da realidade terminam muito próximos da superfície, que não há uma fonte divina suprema, que as coisas do mundo não provêm de Deus de maneira dupla, nem de maneira nenhuma. Por quase dois séculos, o espírito popular de sucessivas gerações tem se inclinado mais e mais à visão de que os mistérios da vida por fim cairão diante da mente do homem. Muitos escritores modernos têm estado mais preocupados com o processo da consciência do que com o mundo objetivo fora da mente. Na ficção do século XX, cada vez mais, acontece de um mundo absurdo e sem sentido colidir com a consciência sagrada do autor ou da personagem; raramente, agora, autor e personagem saem para explorar e penetrar um mundo em que o sagrado está refletido.

No entanto, o escritor sempre tem de criar um mundo, e este deve ser crível. As virtudes da arte, como as virtudes da fé, são tais que vão além das limitações do intelecto, além de qualquer mera teoria que um escritor possa nutrir. Se faz aquilo que como artista está obrigado a fazer, o romancista inevitavelmente sugerirá aquela imagem da realidade última conforme se pode vislumbrar em algum aspecto da situação humana. Nesse sentido, a arte revela, e os teólogos aprenderam a não ignorá-la. Em muitas universidades encontram-se departamentos de teologia que cortejam intensamente os departamentos de inglês. O teólogo está interessado especificamente no romance moderno porque ali ele vê refletido o homem de nosso tempo, o descrente, que está, no entanto, agarrado de maneira desesperada e geralmente honesta a problemas intensos do espírito.

Vivemos numa era descrente, mas que é notável e desequilibradamente espiritual. Há um tipo de homem moderno que reconhece o espírito em si mesmo, mas que deixa de reconhecer um ser fora de si a quem possa adorar como criador e senhor; consequentemente, ele tem se tornado sua própria preocupação última. Diz, com Swinburne, "glória ao homem nas alturas, pois ele é o mestre das coisas", ou com Steinbeck "no fim era o verbo, e o verbo estava com o homem". Para ele, o homem tem seu espírito natural de coragem, dignidade e orgulho e deve considerar um ponto de honra satisfazer-se com ele.

Há outro tipo de homem moderno que reconhece um ser divino que não ele mesmo, mas não acredita que esse ser possa ser conhecido anagogicamente, definido dogmaticamente ou recebido sacramentalmente. Para ele, espírito e matéria estão separados. O homem vagueia, preso em um labirinto de culpa que não é capaz de identificar, tentando alcançar um deus do qual não pode se aproximar, um deus incapaz de se aproximar dele.

E há outro tipo de homem moderno que não é capaz de crer nem de conter-se a si mesmo na descrença e que busca desesperadamente, sentindo em tudo a experiência da perda de Deus.

Na melhor das hipóteses, nossa era é uma era de buscadores e descobridores e, na pior, uma era que domesticou o desespero e aprendeu a conviver feliz com ele. A ficção que celebra este último estado é a que tem menos chance de transcender suas limitações, pois, quando a necessidade religiosa é banida com sucesso, ela geralmente atrofia, mesmo no romancista. O senso do mistério se esvai. Um tipo de evolução reversa se dá, e toda a gama de sentimento se embota.

Os buscadores são outro assunto. Pascal escreveu em seu caderno: "Se eu não o tivesse conhecido, não o teria encontrado". Esses buscadores descrentes têm seu efeito mesmo entre aqueles de nós que acreditam. Começamos a examinar nossas próprias noções religiosas para ressoá-las de forma genuína, para purificá-las no calor da agonia de nossos vizinhos descrentes. Que escritor cristão poderia ser comparado a Camus? Temos de procurar em muito da ficção de nosso tempo um tipo de sub-religião que expressa sua preocupação última em imagens que ainda não se partiram para mostrar algum reconhecimento de um Deus que se revelou. Por maior que esta ficção seja, por mais que revele um esforço sincero para encontrar a única preocupação crucial verdadeira, por mais que em muitos casos represente valores religiosos de uma ordem elevada, não acredito que ela possa representar adequadamente na ficção a experiência religiosa central — aquilo que, afinal, diz respeito a uma relação com um ser supremo reconhecido pela fé. É a experiência de um encontro, de um tipo de conhecimento que afeta todas as ações dos crentes. É a experiência de Pascal depois da conversão, não anterior a ela.

O que digo aqui estaria muito mais afim ao espírito de nossos tempos se pudesse falar para vocês sobre a experiência de escritores como Hemingway, Kafka, Gide e Camus, mas toda a minha experiência tem sido a do escritor que crê, de novo nas palavras de Pascal, no "Deus de Abraão, de Isaque e de Jacó, não no deus dos filósofos e eruditos". Este é um Deus ilimitado e que se revela de maneira específica. É aquele que se tornou homem e que se levantou dentre os mortos. É um que confunde os sentidos e as sensibilidades, conhecido primeiramente como uma pedra de tropeço. Não há nenhuma maneira de encobrir essa especificação ou torná-la mais aceitável para o pensamento moderno. Esse Deus é o objeto da preocupação suprema e tem um nome.

O problema do romancista que deseja escrever sobre o encontro do homem com esse Deus é como ele deve tornar a experiência — que é natural e sobrenatural ao mesmo tempo — inteligível, crível, ao leitor. Em qualquer época isso seria um problema, mas em nossa própria é quase insuportável. No público de hoje, o sentimento religioso se tornou, se não atrofiado, pelo menos nebuloso e piegas. Quando Emerson decidiu, em 1832, que não podia mais celebrar a Santa Ceia a menos que o pão e o vinho fossem removidos, deu-se um passo importante na evaporação da religião nos Estados Unidos, e o espírito daquele passo continua apressado. Quando o fato físico é separado da realidade espiritual, a dissolução da fé, ao final, é inevitável.

O romancista não escreve para expressar a si mesmo, não escreve simplesmente para apresentar a visão que considera verdadeira; ao contrário, apresenta sua visão de tal modo que essa possa ser transferida, o mais completamente possível, ao leitor. Você pode seguramente ignorar o gosto do leitor, mas não pode ignorar sua natureza, não pode ignorar sua paciência limitada. Seu problema será cada vez mais difícil à medida que suas crenças se afastam das dele.

Quando escrevo um romance em que a ação central é um batismo, estou bastante consciente de que, para a maioria dos meus leitores, o batismo é um rito sem sentido e, assim, em meu romance, tenho de conferir se esse batismo causa suficiente admiração e mistério para sacudir o leitor em algum tipo de reconhecimento emocional de seu significado. Para esse fim, tenho de direcionar o romance todo — sua linguagem, sua estrutura, sua ação. Tenho de fazer o leitor sentir em seus ossos, se não em nenhum outro lugar, que algo importante está acontecendo aqui. A distorção, nesse caso, é um instrumento; o exagero tem um propósito, e toda a estrutura da história ou do romance foi feita de tal forma por causa da crença. Não é esse o tipo de distorção que destrói; é o tipo que revela — ou deveria revelar.

Estudantes frequentemente têm a ideia de que os processos em operação aqui são do tipo que atrapalha a honestidade. Pensam que inevitavelmente o escritor, em vez de ver o que é, verá apenas o que crê. É perfeitamente possível, claro, que isso aconteça. Sempre, desde que o romance existe, o mundo foi inundado por uma ficção ruim cujo responsável foi o impulso religioso. O romance religioso lamentável surge quando o escritor supõe que, por causa de sua fé, está de alguma maneira dispensado da obrigação de penetrar a realidade concreta. Pensará que os olhos da Igreja, da Bíblia ou de sua teologia particular já terão construído a visão para ele, e que seu trabalho é rearranjar essa visão essencial em padrões satisfatórios, sujando-se o mínimo possível no processo. Seu sentimento quanto a isso pode ser mais bem-definido por uma daquelas teologias maniqueístas que vê o mundo natural como indigno de acesso. Mas o verdadeiro romancista, aquele com o instinto do que deve fazer, sabe que não pode aproximar-se do infinito diretamente que deve penetrar o mundo natural humano tal como ele é. Quanto mais sacramental a sua teologia, mais incentivo ele terá para fazer isso.

O sobrenatural é um constrangimento hoje até para muitas igrejas. O viés naturalista saturou nossa sociedade a tal ponto que o leitor não percebe que tem de mudar sua visão ao ler algum tipo de ficção que trate de um encontro com Deus. Permitam-me deixar o romancista de lado por um momento e falar sobre o leitor.

Esse leitor, em primeiro lugar, tem de livrar-se de um ponto de vista puramente sociológico. Nos anos 1930, passamos por um período nas letras americanas em que a crítica social e o realismo social eram considerados por muitos os aspectos mais importantes da ficção. Ainda sofremos uma ressaca desse período. Criei um personagem, Hazel Motes, cuja principal paixão era libertar-se da convicção de que tinha sido redimido por Jesus. A decadência do Sul nunca entrou em minha cabeça, mas Hazel disse "eu viu" e "eu trazi", e ele era do leste do Tennessee; assim, a explicação de um leitor médio era que ele devia representar algum problema social peculiar àquela parte do Sul não civilizado.

Dez anos, entretanto, fizeram alguma diferença em nossa atitude diante da ficção. A tendência sociológica enfraqueceu-se naquela forma particular, mas sobreviveu em outra igualmente ruim. Esta é a noção de que o escritor de ficção está atrás de tipos. Eu não sei quantas cartas recebi dizendo que o Sul não é, de maneira alguma, do jeito que eu o retratei; alguns me dizem que o protestantismo no Sul não é como o pintei, que o protestante do Sul nunca estaria preocupado, como Hazel Motes está, com as práticas penitenciais. É claro que, como romancista, eu nunca quis caracterizar o Sul típico ou o protestantismo típico. O Sul e a religião ali encontrada são extremamente fluidos e oferecem variedade suficiente para dar ao romancista a mais ampla gama de possibilidades imaginável, pois o romancista está obrigado pelas possibilidades razoáveis, não pelas probabilidades, de sua cultura.

Há um viés ainda pior que esses dois — o viés clínico, o preconceito que vê tudo o que é estranho como um caso de estudo do anormal. Freud trouxe à luz muitas verdades, mas sua psicologia não é um instrumento adequado para compreender o encontro religioso ou a ficção que o descreve. Qualquer determinação psicológica, cultural ou econômica pode ser útil até certo ponto; aliás, tais fatos não podem ser ignorados, mas o romancista estará interessado neles somente à medida que for capaz de passar por eles para comunicar-nos o sentido de algo além. Quanto mais aprendemos sobre nós mesmos, mais fundo no desconhecido empurramos as fronteiras da ficção.

Tenho observado que a maior parte da melhor ficção religiosa de nosso tempo é mais impactante justamente para aqueles leitores que alegam ter um intenso interesse em encontrar mais "propósito espiritual" — como gostam de dizer — nos romances modernos do que no momento podem detectar neles. O leitor de hoje, se crê na graça, a vê como algo que pode estar separado da natureza e pode ser-lhe servida crua como um êxtase instantâneo. A palavra favorita desse leitor é *compaixão*. Não quero difamar a palavra. Há um sentido melhor em que ela pode ser usada, embora raramente o seja — o sentido de estar em angústia com a criação e por ela em sua sujeição à vaidade. Este é um sentido que implica um reconhecimento do pecado;

este é um sofrer com, mas que não abranda a rigidez e não faz concessões. Quando infundida nos romances, é geralmente repugnante. Nosso tempo não vai buscá-la.

Já falei bastante sobre o sentimento religioso de que carece o público moderno e, ao objetar-me, pode-se indicar que há um verdadeiro retorno dos intelectuais de nosso tempo a um interesse em religião e a um respeito por ela. Acredito que isso seja verdade. No futuro, saberemos em que resultará esse interesse pela religião. Pode, junto com o novo espírito ecumênico que vemos por toda parte ao nosso redor, proclamar uma nova era religiosa, ou pode ser simplesmente que a religião sofra a última degradação e se torne, por algum tempo, um modismo. O que quer que signifique para o futuro, não creio que nossa sociedade atual seja uma em que as crenças básicas sejam religiosas, exceto no Sul. De qualquer maneira, não se pode ter uma alegoria efetiva em tempos em que as pessoas são assoladas de uma forma ou de outra por convicções momentâneas, porque todos a lerão de modo diverso. Não é possível apontar valores morais quando a moralidade muda com o que está sendo feito, pois não há uma base comum de julgamento aceita. E não se pode mostrar a ação da graça quando a graça é extirpada da natureza ou quando toda possibilidade de graça é negada, pois ninguém terá a menor ideia do que você está falando.

O escritor sério sempre toma o vício, na natureza humana, como seu ponto de partida, geralmente o vício numa personagem admirável em outros aspectos.

O drama geralmente se baseia no fundamento do pecado original, quer o escritor pense em termos teológicos, quer não. Então também se supõe que qualquer personagem num romance sério detém uma carga de sentido maior do que ele mesmo. O romancista não escreve sobre pessoas no vácuo; escreve sobre pessoas em um mundo em que algo está flagrantemente ausente, em que há o mistério geral da incompletude e a tragédia particular de nossos tempos a ser demonstrada, e o romancista tenta transmitir, em forma de livro, uma experiência total da natureza humana de qualquer tempo. Por essa razão, os maiores dramas naturalmente envolvem a salvação ou a perda da alma. Onde não há fé na alma, há pouquíssima carga dramática. O romancista cristão distingue-se de seus pares pagãos por reconhecer o pecado como pecado. Conforme a sua herança, ele não o vê como doença ou acidente do ambiente, mas como uma escolha responsável da ofensa contra Deus que envolve seu futuro eterno. Ou se leva a sério a salvação ou não. E é bom perceber que a maior medida de seriedade admite a maior medida de comédia. Somente se estivermos seguros de nossas crenças poderemos ver o lado cômico do universo. Uma das razões por que boa parte de nossa ficção contemporânea é mal-humorada é que muitos desses escritores são relativistas e continuamente têm de justificar as ações de suas personagens numa escala móvel de valores.

Nossa salvação é um drama representado com o diabo, um diabo que não é simplesmente o mal generalizado, mas uma inteligência má determinada por sua própria supremacia. Eu acho que, se escritores com uma visão religiosa do mundo se sobressaem nesses dias ao retratar o mal, é porque eles têm de tornar sua natureza inconfundível para a sua audiência particular.

O romancista e o crente, quando não são a mesma pessoa, ainda mantêm muitos traços em comum — a desconfiança do abstrato, o respeito aos limites, o desejo de penetrar a superfície da realidade e de encontrar em cada coisa o espírito que o faz ser o que é e sustenta o mundo unido. Mas não acredito que tenhamos uma grande ficção religiosa até que tenhamos de novo a feliz combinação de um artista crente e uma sociedade crente. Até que chegue esse tempo, o romancista terá de fazer o melhor que puder no trato com o mundo que tem. No fim, ele pode verificar que, em vez de refletir a imagem no coração das coisas, ele apenas refletiu nossa condição decaída e, por meio dela, a face do mal pelo qual estamos todos possuídos. É uma realização modesta, mas talvez necessária.

Romancistas católicos e seus leitores

Sempre que penso no romancista católico e em seus problemas, lembro-me da lenda de São Francisco e do lobo de Gubbio. Diz a lenda que São Francisco converteu um lobo. Não sei se de fato ele converteu o lobo ou se o caráter do lobo apenas melhorou consideravelmente depois do encontro com São Francisco. Seja como for, o lobo amansou bastante. Mas a moral dessa história, ao menos para mim, é que, a despeito da melhora em seu caráter, o lobo continuou sendo lobo. Assim também acontece — ou deveria acontecer — com o católico ou, digamos, com o romancista totalmente cristianizado. Não importa o quanto seu caráter foi aperfeiçoado pela Igreja; se é um romancista, tem de permanecer fiel à sua natureza. A Igreja deveria tornar o romancista um romancista melhor.

Eu digo deveria porque, infelizmente, isso nem sempre acontece. Muitas vezes, o romancista católico fica tão extasiado em sua condição de cristão que se esquece de sua natureza de escritor de ficção. Isso é correto, é bom, desde que pare de escrever ficção; mas, na maioria das vezes, ele não deixa de fazê-lo, e oferece de si o mesmo tipo de espetáculo que o lobo teria oferecido se, depois de encontrar-se com São Francisco, tivesse começado a andar com as patas traseiras.

Um romancista, acima de tudo, é uma pessoa a quem foi dado um talento para fazer uma coisa específica. Todo romancista sério está tentando retratar a realidade tal como ela se manifesta em nossa vida concreta, sensível, e não pode fazer isso a menos que tenha recebido o instrumento inicial, o talento, e a menos que respeite o talento como tal. É bom lembrar o óbvio, mas geralmente ignorado: todo escritor tem de se haver com as possibilidades do talento recebido. Possibilidade e limitação querem dizer mais ou menos a mesma coisa. É tarefa de todo escritor levar seu talento ao limite mais extremo, mas isso quer dizer o limite mais extremo do tipo de talento que ele tem.

Neste ponto, talvez seja melhor dizer de que tipo de escritor estou falando. Refiro-me ao escritor de ficção que considera a ficção uma arte e que se conforma a suas exigências e inconveniências. Refiro-me ao escritor de ficção que não escreve nem para todos, nem para uma minoria privilegiada, mas para o bem daquilo que está escrevendo. Por menor que seja seu dom, ele não está disposto a destruí-lo tentando usá-lo fora de seus próprios limites. Esse tipo de escritor de ficção sempre está entusiasmado com a busca do real, não importa o que ele assim chame ou que instrumento empregue para atingi-lo.

Santo Tomás de Aquino diz que a arte não requer retidão do apetite, mas está inteiramente relacionada à qualidade do que é feito. Ele afirma que uma obra de arte é boa em si mesma, e esta é uma verdade de que em grande medida o mundo moderno se esqueceu. Não nos contentamos em permanecer dentro de nossas limitações e fazer aquilo que é simplesmente um bem em si e por si mesmo. Queremos fazer algo que tenha valor utilitário. Ora, o que é bom em si mesmo glorifica a Deus porque reflete a sua glória. O artista tem as mãos cheias e cumpre seu papel quando serve à sua arte. Ele pode seguramente deixar a evangelização para os evangelistas. Deve, em primeiro lugar, estar ciente de suas limitações como artista — pois a arte transcende suas limitações somente por estar contida nelas.

Para muitos leitores, escrever ficção não é uma ocupação séria de direito próprio. Para eles, passa a ser séria somente quando afeta seu gosto pessoal, seu temperamento ou sua moral. Mas o escritor cuja vocação é a ficção vê sua obrigação diante da verdade do que pode acontecer na vida, e não perante o leitor — não diante do gosto do leitor, nem da felicidade do leitor, nem mesmo diante da moral do leitor. O romancista católico não tem de ser um santo; não tem sequer de ser católico; infelizmente, tem de ser um romancista. Isso não quer dizer que o escritor deve ter uma visão moral lassa, mas acho que, para compreender o que isso significa, temos de considerar por algum tempo o que é ficção — romance ou conto —, e o que daria a uma obra de ficção o direito de ter o adjetivo *católico* a ela aplicado.

O próprio termo "romance católico" é obviamente suspeito, e as pessoas que estão conscientes de suas complicações não o usam senão entre aspas. Se eu tivesse de dizer o que é um "romance católico", diria somente que é aquele que representa a realidade de maneira adequada, como a vemos manifesta no mundo das coisas e das relações humanas. Somente nessas e por essas experiências sensíveis o escritor de ficção pode aproximar-se de um conhecimento contemplativo dos mistérios que elas encarnam.

Preocupar-se com essas coisas quer dizer não apenas preocupar-se com o bem que há nelas, mas com o mal, e não apenas com o mal, mas também com aquele aspecto que não parece nem bom nem mau, que ainda não está cristianizado. A Igreja que vemos, mesmo a Igreja universal, é um pequeno segmento do todo da criação. Se muitos são chamados mas poucos escolhidos, talvez ainda menos escolham, mesmo que inconscientemente, ser cristãos — embora toda a realidade seja o potencial reino de Cristo, e a face da Terra esteja esperando ser recriada por seu espírito. Isso tudo quer dizer que aquilo que grosseiramente chamamos de romance católico não trata necessariamente de um mundo cristianizado ou catolicizado, mas é simplesmente aquele em que a verdade, tal como conhecida pelos cristãos, tem sido usada como uma luz pela qual se vê o mundo. Este pode ou não ser um mundo católico, e pode ou não ter sido visto por um católico.

A vida católica como vista por um católico nem sempre gera uma leitura agradável para católicos por esse motivo. Neste país temos, por exemplo, J. F. Powers, um exímio escritor que nasceu católico e escreve sobre católicos. Os católicos sobre os quais o senhor Powers escreve são vistos por ele com uma terrível acuidade. São vulgares, ignorantes, gananciosos e espantosamente banais, e todas essas qualidades têm um inconfundível sabor social católico. O senhor Powers não escreve sobre tais católicos porque quer envergonhar a Igreja; escreve sobre eles porque, pela graça de Deus, não é capaz de escrever sobre nenhum outro tipo. Um escritor escreve a respeito daquilo que é capaz de tornar crível.

Todos os dias, vemos pessoas que estão ocupadas em distorcer seus talentos a fim de elevar sua popularidade ou de ganhar um dinheiro sem o qual poderiam viver. Decerto podemos dizer que isso, se feito conscientemente, é repreensível. No entanto, com mais frequência, creio, vemos pessoas distorcendo seus talentos em nome de Deus por razões que consideram boas — reformar, ensinar ou conduzir o povo para a Igreja. E isso é menos fácil de dizer que é repreensível. Nenhum de nós pode julgar tais pessoas, mas devemos, por amor à verdade, julgar os produtos que criam. Devemos dizer se este ou aquele romance retrata fielmente o aspecto da realidade que pretende retratar. O romancista que deliberadamente abusa de seu talento por algum propósito bom pode não estar cometendo pecado, mas decerto está cometendo uma grave inconsistência, pois está tentando refletir a Deus com aquilo que corresponde a uma inverdade prática.

Romances miseravelmente escritos — não importa o quanto o comportamento das personagens seja piedoso ou edificante — não são bons em si mesmos e, portanto, não são de fato edificantes. Ora, uma afirmação como essa cria problemas. Um indivíduo pode ser bastante edificado por um romance lastimável porque não conhece nada melhor. Temos neste mundo muitos exemplos de coisas insignificantes que são usadas para bons propósitos. Deus pode fazer de qualquer coisa medíocre, bem como do próprio mal, um instrumento para o bem; mas considero que fazer isso é obra de Deus, e não de um ser humano qualquer.

Um bom exemplo de romance chinfrim usado para um bom propósito é *The Foundling*, do Cardeal Spellman. Não cabe a ninguém julgar o Cardeal Spellman senão como romancista, e como tal ele é fraquinho. Você pode ter a satisfação de saber que, ao comprar um exemplar de *The Foundling*, está ajudando aos órfãos a quem o lucro das vendas se destina; e depois pode usar o livro como peso de porta. Mas o que você tem a obrigação de saber aqui é que está ajudando aos órfãos, e não aos padrões das letras católicas neste país. Cabe a você decidir o que prefere, já que se trata de matéria de escolha.

Há livros, entretanto, que pretendem ter um forte sabor católico que não são tão inócuos quanto *The Foundling*, e esses são romances que, pelo esforço do autor para ser edificante, deixam de fora metade ou três quartos dos fatos da existência humana e, portanto, não são verdadeiros perante os mistérios que sabemos pela fé ou daqueles que simplesmente percebemos por observação. Requer-se do romancista que crie a ilusão de um mundo inteiro povoado por pessoas verossímeis; e a principal diferença entre o romancista que é um cristão ortodoxo e o romancista que é meramente um naturalista é que o romancista cristão vive num universo maior. Ele acredita que o mundo natural contém o sobrenatural. E isso não quer dizer que sua obrigação de retratar o mundo natural é menor — antes, quer dizer que é maior.

O que quer que o romancista veja no caminho da verdade deve, em primeiro lugar, tomar a forma de sua arte e encarnar-se no concreto e humano. Se você se esquiva da experiência sensível, não será capaz de ler ficção; mas tampouco será capaz de apreender qualquer outra coisa neste mundo, pois todos os mistérios que alcançam a mente humana, exceto nos estágios finais da oração contemplativa, o fazem por meio dos sentidos. Cristo não nos redimiu por um ato intelectual direto, mas encarnou-se em forma humana, e fala-nos agora pela mediação da Igreja visível. Tudo isso pode parecer distante do assunto da ficção, mas não é, pois a principal preocupação do escritor de ficção é com o mistério tal como é encarnado na vida humana.

Baron von Hugel, um dos grandes eruditos católicos modernos, escreveu que

> a experiência sobrenatural sempre aparece como a transfiguração de condições, atos e estados naturais [...]; o espiritual normalmente é precedido, ocasionado, acompanhado ou seguido pelo sensível [...].

> As realidades mais elevadas e as reações mais profundas são vivenciadas por nós no interior, ou em contato com o menor e mais ínfimo.

Para o romancista, isso quer dizer que, se vai mostrar a ocorrência do sobrenatural, não há outro lugar para fazê-lo senão no plano literal dos eventos naturais, e que, se não tornar essas coisas naturais verossímeis em si mesmas, não pode fazê-las críveis em qualquer de suas extensões espirituais.

Requer-se do romancista que abra seus olhos ao mundo a seu redor e veja. Se o que vê não é altamente edificante, ainda assim deve ver. Então, exige-se que reproduza, com palavras, o que vê. Ora, este é o primeiro ponto em que o romancista católico pode sentir algum atrito entre o que se supõe que deve fazer como romancista e o que se supõe que deve fazer como católico — pois o que ele vê sempre é o homem caído e pervertido por filosofias falsas. Deve reproduzir isso? Ou deve alterar o que vê e transformá-lo, em vez do que é, naquilo que à luz da fé ele acha que deveria ser? Deve, como disse Baron von Hugel, "maquiar a realidade"?

Ora, como o romancista pode ser fiel ao tempo e à eternidade, ao que vê e ao que crê, ao relativo e ao absoluto? E como pode fazer tudo isso e ao mesmo tempo ser fiel à arte do romance, que exige a ilusão da vida?

Já constatei que as pessoas de fora da Igreja gostam de supor que a Igreja age para restringir a criatividade do escritor católico e que ela o impede de atingir seu pleno desenvolvimento. Essas pessoas apontam o fato de que não há muitos artistas e escritores católicos, pelo menos neste país, e que aqueles que de fato atingem alguma coisa de modo criativo geralmente são convertidos. Essa é uma crítica de que não podemos nos esquivar. Sinto que é uma crítica válida da forma como o catolicismo é aplicado por nosso sistema católico de ensino, ou desde o púlpito, ou praticado de modo ignorante por nós mesmos; mas essa não é, obviamente, uma crítica válida da religião propriamente dita.

Não há nenhuma razão por que um dogma estabelecido devesse consertar o que quer que o escritor veja no mundo. Pelo contrário, o dogma é um instrumento para penetrar na realidade. O dogma cristão tem a ver com a única coisa deixada no mundo que certamente guarda e respeita o mistério. O escritor de ficção é um observador — no início, no fim, sempre —, mas não pode ser um observador adequado a menos que esteja livre das incertezas a respeito do que vê. Aqueles que não têm valores absolutos não podem deixar que o relativo simplesmente permaneça relativo; eles sempre o elevam ao nível do absoluto. O escritor de ficção católico está inteiramente livre para observar. Ele não sente nenhum chamado para assumir o papel de Deus ou criar um novo universo. Sente-se perfeitamente livre para olhar para aquilo que já olhamos e mostrar exatamente o que vê. Não sente necessidade de desculpar-se pelos caminhos de Deus até o homem ou de evitar olhar os caminhos do homem até Deus. Para ele, "maquiar a realidade" certamente é sucumbir ao pecado do orgulho. Uma observação livre e aberta está fundamentada em nossa fé insuperável de que o universo é dotado de sentido, como ensina a Igreja.

Quando olhamos para a ficção séria escrita por católicos nestes tempos, encontramos uma preocupação impressionante com o que é gasto, ruim e violento. O argumento piedoso contra tais romances é mais ou menos o seguinte: se crê na redenção, sua visão suprema é de esperança, então, naquilo que vê, você deve ser fiel a esta visão suprema; você deve passar ao largo pelo mal que vê e olhar para o bem, porque o bem está lá; o bem é a realidade última.

O início de uma resposta a essa objeção é que, embora o bem seja a realidade última, a realidade última enfraqueceu-se nos seres humanos como resultado da Queda, e é esta vida enfraquecida que vemos. E está errado, ademais, supor que o escritor escolhe o que verá e o que não verá. O que se vê é dado pelas circunstâncias e pela natureza do tipo de percepção peculiar a cada um.

O escritor de ficção deve caracterizar-se por seu tipo de visão. Seu tipo de visão é a visão profética. Profecia, que é dependente da faculdade imaginativa e não da moral, não precisa ser uma questão de predição do futuro. O profeta é um realista dos afastamentos, e é esse tipo de realismo que entra nos grandes romances. É o realismo que não hesita em distorcer as aparências a fim de mostrar uma verdade oculta.

Para o romancista católico, a visão profética não é simplesmente uma questão de dom imaginativo pessoal; é também uma questão de dom da Igreja, que, diferentemente do dele, é salvaguardado e lida com questões maiores. É uma das funções da Igreja transmitir a visão profética que serve para qualquer época, e quando o romancista a tem como parte de sua própria visão, tem uma poderosa extensão da visão.

Infelizmente, é um dos meios de extensão de que constantemente abusamos ao pensar que podemos fechar os próprios olhos e que os olhos da Igreja farão o trabalho de ver. Não farão. Esquecemos que aquilo que para nós é uma extensão da visão, para o resto do mundo é uma cegueira arrogante e peculiar, e que ninguém, hoje, está preparado para reconhecer a verdade daquilo que mostramos a menos que nossa visão puramente individual esteja em plena operação. Quando o romancista católico fecha seus próprios olhos e tenta ver com os olhos da Igreja, o resultado é mais um acréscimo ao vasto *corpus* do lixo piedoso pelo qual há tempos estamos famosos.

Seria tolice dizer que não há conflito entre esses dois olhares. Há um conflito, e é um conflito de que escapamos por nossa conta e risco, do qual não podemos ser poupados de antemão por teoria, decreto ou fé. Achamos que a fé nos dá o direito de evitá-lo, quando na verdade a fé nos incita a começá-lo, e a continuar nele até que, como Jacó, tenhamos sido marcados.

Para alguns escritores católicos, o combate parecerá estar em seus próprios olhos, e para outros parecerá estar nos olhos da Igreja. O escritor pode sentir que, a fim de usar seus próprios olhos livremente, deve desconectá-los dos olhos da Igreja e ver tanto quanto possível à maneira de uma câmera. Infelizmente, tentar desconectar a fé da visão é violentar o todo da personalidade, e o todo da personalidade participa do ato de escrever. A tensão de ser um romancista católico provavelmente nunca fica equilibrada para o escritor até que a Igreja se torne também uma parte de sua personalidade a ponto de que ele possa esquecê-la — no mesmo sentido em que, quando escreve, esquece de si mesmo.

Esta é a condição que buscamos, mas que raramente é alcançada nessa vida, em especial pelos romancistas. O Senhor não fala ao romancista como fez com seu servo Moisés, face a face. Ele lhe fala como fez com os dois reclamantes, Arão e sua irmã, Miriam: por meio de sonhos e visões, aos trancos e barrancos, e por todos os menores e limitados caminhos da imaginação.

Gostaria de pensar que no futuro haverá escritores católicos capazes de usar esses dois grupos de olhos com toda destreza e intrepidez; mas não seria tão leviana a ponto de predizer tal coisa. Isso leva leitores e escritores a fazer literatura. Uma das circunstâncias mais desalentadoras com que o romancista católico tem de se haver é com o fato de que não há uma ampla audiência capaz de compreender sua obra. O leitor inteligente em geral, hoje, não é crente.

Gosta de ler romances sobre sacerdotes e freiras porque estes suscitam sua curiosidade, mas ele não compreende de fato a personagem movida pela fé. O leitor católico, por outro lado, está tão ocupado procurando algo que satisfaça suas necessidades, e na melhor luz possível, que achará suspeita qualquer coisa que não sirva a tais propósitos.

O termo recorrente na busca pelo romance católico é "positivo". Frequentemente, ao ler artigos sobre o fracasso do romancista católico, ter-se-á a ideia de que ele tem de erguer-se a partir da substância de sua própria imaginação, começando com princípios cristãos e encontrando a vida que sua obra há de ilustrar. Este é o procedimento que vai garantir que toda a sua obra seja positiva. A crítica parece pressupor que aquilo sobre o que o escritor católico escreve seguirá em grande medida uma atitude geral que ele tem diante da realidade e que essa atitude será causada por uma crença na ressurreição geral. Ele se esquece de que o romancista não escreve sobre crenças gerais, mas sobre homens com livre-arbítrio, e que não há nada em nossa fé que implique um otimismo predeterminado pelo homem tão livre que com seu último suspiro pode dizer "não". Toda a literatura católica será positiva no sentido de que sustentamos a liberdade de existir, mas a Igreja nunca nos incentivou a acreditar que o inferno não é uma preocupação viva. O escritor usa seus olhos naquilo que lhe cabe enfrentar. Num livro recente de um erudito católico, Mauriac e Greene são censurados porque em seus romances não nos dão um retrato do casamento cristão.

A implicação é que, se se esforçassem um pouco mais, poderiam fazer isso e, no processo, melhorar sua arte. Essa é uma proposição bastante questionável. Vocação é um fator limitante, e o romancista consciente trabalha no limite de sua capacidade e dentro daquilo que sua imaginação é capaz de apreender. Ele não decide o que seria bom para o corpo cristão e parte para oferecer isso. Como um duvidoso Jacó, ele confronta o que fica em seu caminho e se pergunta se sairá daquela peleja.

Geralmente se supõe que o romancista escolheu um assunto ou atitude perversa com um olho na moda. Está na moda ser sombrio, e assim ele ignora a virtude da esperança cristã; está na moda mostrar um casamento agonizante, e assim ignora o casamento cristão.

Com efeito, se o romancista é digno de ser lido, em primeiro lugar, sua integridade nessas questões é digna de confiança. Na minha experiência, no processo de escrita de um romance, o romancista sério enfrenta, da maneira mais extrema, suas próprias limitações e aquelas de seu meio. Ele sabe que a sobrevivência de sua obra depende de uma integridade que elimina os modismos de suas considerações. Nosso padrão final para ele terá de ser as exigências da arte, que em grande medida são mais severas que as exigências da Igreja. Há romances que um escritor pode escrever e continuar um bom católico, mas que sua consciência de artista não lhe permitirá perpetrar.

Nós, católicos, somos muito dados à resposta imediata. A ficção não tem nenhuma. Ela nos deixa, como Jó, com um renovado senso do mistério. Como escreveu São Gregório: sempre que o texto sagrado descreve um fato, revela um mistério. Isso é o que o escritor de ficção, em seu nível mais baixo, espera fazer. O perigo para o escritor que é impelido pela visão religiosa do mundo é considerar que há duas operações, em vez de uma. Ele tentará colocar num relicário o mistério sem o fato, e seguirá uma série de separações que são contrárias à arte.

Essas são separações que vemos em nossa sociedade e que existem em nossos escritos. São separações que a fé tende a curar se percebermos que a fé é um "caminhar no escuro" e não uma solução teológica do mistério. O poeta é tradicionalmente um homem cego, mas o poeta cristão, bem como o contador de histórias, é como o homem cego que Cristo tocou, que olhou e então viu os homens como se fossem árvores que caminhavam.

O universo do escritor de ficção católico é baseado nas verdades teológicas da fé, mas três delas são particularmente fundamentais: a Queda, a Redenção e o Juízo. Essas são doutrinas em que o mundo moderno secular não acredita. Não acredita no pecado, ou no valor que o sofrimento pode ter, ou na responsabilidade eterna, e, uma vez que vivemos num mundo que desde o século XVI tem sido cada vez mais dominado pelo pensamento secular, o escritor católico com frequência se encontra escrevendo num mundo e para um mundo que não está preparado nem disposto a ver o sentido da vida como ele o vê. Isso quer dizer, frequentemente, que ele pode lançar mão dos meios da violência literária para fazer-se compreender por uma audiência hostil, e as imagens e ações que ele cria podem parecer distorcidas e exageradas para a mentalidade católica.

O grande equívoco que o leitor católico descuidado geralmente comete é supor que o escritor católico está escrevendo para ele. Às vezes, isso pode acontecer, mas em geral não é o que acontece hoje. Os católicos criados sob o abrigo das comunidades católicas com pouco ou nenhum contato intelectual com o mundo moderno são capazes de supor que a verdade, tal como os católicos conhecem, é a ordem do dia, exceto entre os naturalmente perversos. Pode ser verdade que são bons tempos para a Igreja num sentido ou noutro. Há sinais de um retorno ao interesse nas realidades sobrenaturais, mas há apenas o suficiente para proporcionar uma esperança renovada, não ainda para proporcionar uma realidade atuante forte o suficiente para sustentar a ficção para muitos escritores.

Poucos escritores podem, em virtude de um talento especial, escrever com toda a honestidade obras que satisfazem os católicos e que os não crentes podem respeitar. Um desses, neste país, é um homem chamado Paul Horgan. O senhor Horgan é um artista e escreve o tipo de livro que os católicos dizem querer ler. Se há grande venda de seus livros para católicos, duvido muito, mas, de qualquer maneira, ele é um exemplo de escritor capaz de continuar fiel ao que vê e às exigências de sua arte e, ao mesmo tempo, de escrever livros que não ofendem ao católico comum. No entanto, exigir que todo católico escreva como o senhor Horgan é limitar a natureza e as possibilidades da arte. Há uma grande tendência hoje a querer que todos escrevam como todos os demais, a ver e a mostrar as mesmas coisas da mesma maneira para a mesma audiência medíocre. Mas o escritor, a fim de fazer o melhor uso dos talentos que recebeu, tem de escrever em seu próprio nível intelectual. Para ele, fazer qualquer outra coisa é enterrar seus talentos. Isso não quer dizer que, dentro de seus limites, não deva tentar alcançar o maior número possível de pessoas; mas quer dizer que não deve rebaixar seus parâmetros para fazer isso.

Arthur Koestler disse que trocaria uma centena de leitores agora por dez leitores em dez anos e que trocaria esses dez por um em cem anos. É assim que todo escritor sério se sente. Claro, quando tenta escrever o que vê e de acordo com os parâmetros da arte, o escritor está fadado a ser lido por todo tipo de gente que não entende o que ele está fazendo e fica, portanto, escandalizada, e isso me leva ao segundo argumento piedoso contra escrever da maneira como o artista, enquanto artista, sente que devia. Este é o risco de corromper aqueles que não são capazes de compreender o que ele está fazendo. É bem possível que a visão e a verdade para o escritor sejam tentação e pecado para o leitor. Sempre há o risco de que, ao escrever o que vê, o romancista esteja corrompendo um dos "pequeninos", e melhor seria uma pedra amarrada a seu pescoço.

Este não é um problema superficial para o romancista consciencioso, e aqueles que o sentem sentem-no com agonia. Mas acho que forçar esse tipo de responsabilidade total sobre o romancista é oprimi-lo com coisas que pertencem somente a Deus. Acho que a solução para este problema particular nos leva diretamente ao ponto em que começamos — o assunto dos padrões da arte e a natureza da ficção propriamente dita. O fato é que, se a atenção do escritor está na produção da obra de arte, uma obra que é boa em si mesma, ele está prestes a suportar fortes dores para controlar todo excesso, tudo o que não contribui para seu sentido e propósito central. Ele não pode cair no sentimentalismo, na propaganda ou na pornografia e criar uma obra de arte, pois todas essas coisas são excessos. Chamam atenção para si mesmas e distraem da obra como um todo.

O escritor de ficção tem de criar um mundo inteiro verossímil criando cada parte e aspecto dele verossímeis. Há muitos leitores católicos que abrem um romance e, ao descobrir a presença de um braço ou uma perna, piamente fecham o livro. Sempre estamos exigindo que o escritor seja menos explícito quanto às questões naturais ou à concretude particular do pecado. O escritor tem uma obrigação aqui, mas creio que ela pode ser satisfeita ao aderir às exigências de sua arte, e se o criticamos neste ponto, devemos criticar os padrões da arte. Muitos leitores católicos são hiperconscientes do que consideram obsceno na ficção moderna pela simples razão de que, ao ler um livro, não têm nada mais para procurar. Não estão equipados para encontrar nada além disso. Estão totalmente inconscientes do propósito, do tom, da intenção, do sentido ou até mesmo da verdade do que têm em mãos. Não veem o livro numa perspectiva que reduza cada uma de suas partes a seu lugar no todo.

A exigência de uma literatura positiva, tão frequentemente ouvida de católicos, possivelmente se dá por causa de uma fé fraca e também, possivelmente, por causa dessa incapacidade geral de ler; mas acho que se deve também à suposição de que o diabo exerce o papel principal na produção de ficção. Provavelmente o diabo desempenha o maior papel na produção daquela ficção da qual ele mesmo se ausenta como ator. Em todo caso, acho que deveríamos ensinar a nossos potenciais escritores que a melhor defesa contra essa tomada de sua obra residirá em sua estrita atenção à ordem, à proporção e ao resplendor do que estão fazendo.

Há aqueles que sustentam que não se pode exigir nada do leitor. Dizem que o leitor nada sabe de arte e que, se se pretende alcançá-los, é necessário ser humilde o bastante para descer ao seu nível. Isso supõe ou que o objetivo da arte é ensinar — o que não é — ou que criar algo que é simplesmente bom em si mesmo é perda de tempo. A arte nunca responde ao desejo de torná-la democrática; nunca é para todos; é apenas para aqueles que estão dispostos a fazer o esforço necessário para compreendê-la. Ouvimos muito sobre a humildade necessária para rebaixar-se a fim de atingir alguém, mas são necessários a mesma humildade e um verdadeiro amor à verdade para elevar alguém e, pelo trabalho duro, adquirir padrões mais altos. E esta é certamente a obrigação do católico.

É sua obrigação em todas as disciplinas da vida, mas sobretudo naquelas em que ele presume que há de passar por julgamento. A ignorância é perdoável quando é carregada como uma cruz, mas, quando é brandida como um machado, e com indignação moral, ela se torna outra coisa, na verdade. Refletimos a Igreja em tudo o que fazemos, e aqueles que podem ver claramente que nosso julgamento é falso em matéria de arte não podem ser culpados por suspeitar de nossos julgamentos em matéria de religião.

O romancista católico no Sul protestante

Nos últimos anos, falei em diversas faculdades católicas e tive o prazer de descobrir que a ficção parece importante para o estudante católico de um modo que não o seria vinte ou até mesmo dez anos atrás. No passado, a imaginação católica neste país dedicara-se quase exclusivamente a questões práticas. Nossas energias se esvaíram no que era necessário para sustentar a existência e, agora que nossa existência já não está em dúvida, estamos começando a perceber que o empobrecimento da imaginação representa um empobrecimento também da vida religiosa.

Preocupa-me que os católicos do futuro tenham uma literatura. Quero que tenham uma literatura que seja inegavelmente deles, mas que também seja compreendida e apreciada por nossos demais compatriotas. Uma literatura apenas nossa é uma contradição em termos. Você pode perguntar: por que não chamar simplesmente de literatura cristã? Infelizmente, a palavra "cristão" já não é confiável. Passou a designar alguém com um coração de ouro. E um coração de ouro seria uma interferência positiva na escrita de ficção.

Estou especificamente preocupada com a ficção porque é o que escrevo. Há certo constrangimento em ser um contador de histórias nesses tempos em que as histórias são consideradas menos satisfatórias que proposições e proposições menos satisfatórias que estatísticas; mas, no longo prazo, uma pessoa é conhecida não por suas proposições ou suas estatísticas, e sim pelas histórias que conta. A ficção é a mais impura, a mais modesta e a mais humana das artes. Está mais próxima do homem em seu pecado, em seu sofrimento e em sua esperança, e é muitas vezes rejeitada pelos católicos por muitas razões que a tornam o que é. Ela escapa a qualquer ortodoxia que possamos estabelecer para ela, porque sua dignidade é uma imitação da nossa, baseada, como nosso próprio livre-arbítrio, num livre-arbítrio que opera até mesmo a despeito do desgosto divino. Não vou discutir se algo como um romance católico é possível ou não. Sinto que este é um osso que foi posto a nu sem alimentar ninguém. Simplesmente vou presumir que romancistas profundamente católicos escreverão romances que podem ser chamados de católicos se os aspectos católicos do romance são o que interessa. Tal romance pode ser caracterizado de diversas outras formas, e, talvez, quanto mais formas, melhor.

Nos círculos católicos americanos, temos muita teoria acerca do que a ficção católica deve ser, e pouca experiência de possuí-la. Certa vez, falei desse assunto numa universidade católica no Sul, e um cavalheiro levantou-se e disse que o conceito de *romance católico* era limitante e que o romancista, como Whitman, não devia ser estranho a nada. Tudo o que pude dizer-lhe foi: "Bem, eu sou estranha a muita coisa". Somos seres humanos limitados, e o romance é um produto de nossas melhores limitações. Escrevemos com toda a personalidade, e qualquer tentativa de contorná-la, seja este um esforço de elevar-se acima da crença ou do contexto, resultará numa aproximação reduzida da realidade.

Mas acho que, apesar dessa sofisticação irregular e suspeita que você encontra aqui e ali entre nós, o católico americano sente-se como sempre se sentiu diante de um romance: ele confia na imaginação ficcional tão pouco quanto confia em qualquer outra coisa. Antes que ela esteja de pé, ele está preocupado em como controlá-la. O jovem escritor católico, mais que qualquer outro, está sujeito a ser asfixiado pela teoria desde o princípio. A imprensa católica é constantemente dividida num surto de artigos sobre o fracasso do romancista católico: o romancista católico não consegue refletir a virtude da esperança, não consegue mostrar o interesse da Igreja por justiça social, não consegue retratar nossas crenças numa luz que as tornem desejáveis aos outros. Ele, às vezes, escreve bem, mas sempre escreve errado.

Recentemente, passamos por um período de autocrítica quanto ao tema dos católicos e a vida intelectual, que, para a maioria, ocorreu em alto nível. Nossa vida intelectual, ou a ausência dela, tem sido discutida em relação à vida intelectual em si mesma, e a discussão — quando se mostrou mais valiosa — foi conduzida por aqueles que são intelectuais ou que sabem por experiência própria o que um intelecual é e o que faz.

Mas, quando falamos do fracasso católico em produzir boa ficção neste país, raramente ouvimos de alguém relativamente envolvido na tentativa de produzi-la, e a discussão não dá nenhum retorno visível. Ouvimos editores, professores de escola, moralistas e donas de casa; qualquer pessoa viva se considera uma autoridade em ficção. O romancista, por outro lado, há de ser como o porco do Sr. Jarrell, que não sabia o que era toucinho. Acho, no entanto, que às vezes é desejável que olhemos para o romance — até mesmo o chamado romance católico — do ponto de vista particular do romancista.

Discussões católicas de romances por católicos frequentemente são ridículas porque toda a circunstância do escritor é ignorada, exceto sua fé. Ninguém que tome parte nessas discussões parece lembrar-se de que o olho vê o que lhe foi dado a ver pelas circunstâncias concretas, e a imaginação reproduz o que, por algum dom relacionado, é capaz de tornar vivo.

Reuni artigos da imprensa católica sobre os fracassos do romancista católico, e recentemente num deles apareceu esta sentença típica: "Por que não um romance positivo baseado na luta da Igreja por justiça social, ou no avivamento litúrgico, ou na vida num seminário?".

Imagino que, se os seminaristas começarem a escrever romances sobre a vida no seminário, em pouco tempo, haverá bem menos seminaristas, mas temos de supor que quem é capaz de escrever, e quem tem a disposição para fazer alguma pesquisa, pode dar-nos um romance sobre este ou sobre qualquer outro assunto necessário — e pode fazê-lo de modo positivo.

Muitos romances foram escritos dessa forma. É, de fato, o procedimento tradicional do picareta, e, por algum acidente divino, tal romance pode revelar-se uma obra de arte, mas essa possibilidade é improvável.

No mesmo artigo, o escritor fazia esta pergunta melancólica: "Não parece justo, agora, que alguns de nossos jovens explorem as possibilidades inerentes em certos fatores positivos que tornam a vida católica e a posição católica neste país cada vez mais desafiadoras?".

Essa atitude, que provém da perspectiva do que seria bom fazer ou ter para atender a uma necessidade geral, é totalmente oposta à abordagem do próprio romancista. Nenhum romancista sério "explora as possibilidades inerentes em fatores". Conrad escreveu que o artista "mergulha em si mesmo, e nessa região de estresse e agitação, se for merecedor e afortunado, encontra os termos de seu apelo".

Onde você encontra os termos de seu apelo pode ter pouco ou nada a ver com o que é desafiador na vida da Igreja no momento. E este ponto é particularmente evidente no escritor católico sulista, cuja imaginação foi moldada pela vida numa região que é tradicionalmente protestante. As duas circunstâncias que deram personalidade ao meus próprios escritos foram o fato de ser sulista e de ser católica. Isso é considerado por muitos uma combinação improvável, mas descobri que é a mais provável. Acho que o Sul oferece ao romancista católico alguns benefícios de que este normalmente carece, e carece num grau escancarado. O romance católico não pode ser categorizado por assunto, mas somente pelo que pressupõe acerca da realidade humana e divina. Não pode ver o homem como determinado; não pode vê-lo como totalmente depravado. Há de vê-lo como incompleto em si mesmo, como propenso ao mal, mas redimível quando seus esforços são assistidos pela graça. E verá essa graça como atuante por meio da natureza, mas inteiramente transcendente a ela, de modo que uma porta sempre está aberta à possibilidade e ao inesperado na alma humana. Seu núcleo de sentido será Cristo; seu centro de destruição será o diabo. Não importa o quanto esta visão possa ser detalhada, esses pressupostos formam-lhe o esqueleto.

Contudo, não se escreve ficção com pressupostos. As coisas que vemos, ouvimos, cheiramos e tocamos nos afetam muito antes de crermos em alguma coisa, e o Sul imprime sua imagem sobre nós desde o momento em que somos capazes de distinguir um som de outro. Quando somos capazes de usar nossa imaginação para a ficção, descobrimos que nossos sentidos responderam irrevogavelmente a certa realidade. Esta descoberta de ser ligado pelos sentidos a uma sociedade particular e a uma história particular, a sons particulares e a um idioma particular, é para o escritor o começo de um reconhecimento que, a princípio, põe sua obra numa perspectiva humana real para ele. O que o escritor católico sulista é capaz de encontrar, quando mergulha em sua imaginação, não é a vida católica, mas a vida desta região em que ele é ao mesmo tempo nativo e estranho. Ele descobre que a imaginação não é livre, mas prisioneira.

Para muitos escritores jovens, católicos ou não, esta não é uma descoberta agradável. Sentem que a primeira coisa que devem fazer para escrever bem é livrar-se da influência da região. Gostariam de situar suas histórias numa região cujo modo de vida pareça mais próximo do espírito do que eles acham que têm a dizer ou, melhor, gostariam de eliminar a região por completo e se aproximar diretamente do infinito. Mas isso não é nem sequer uma possibilidade.

O escritor de ficção percebe no devido tempo, se não de uma vez, que não pode prosseguir de maneira alguma se se aparta das imagens e dos sons que desenvolveram a vida de seus próprios sentidos. O romancista está preocupado com o mistério da personalidade, e você não pode dizer o quanto há de significativo nesse mistério a menos que os personagens que você cria existam com as marcas de uma sociedade verossímil em torno deles. O contexto social mais amplo simplesmente é deixado de fora de muito da ficção atual, mas não pode ser deixado de fora pelo escritor sulista. A imagem do sul, em toda a sua complexidade, é tão poderosa em nós que é uma força que tem de ser encontrada e empregada. O escritor deve lutar com ela, como Jacó lutou com o anjo, até que tenha conseguido uma bênção. A escrita de qualquer romance que valha a pena é um tipo de encontro pessoal, um encontro com as circunstâncias da imaginação particular do escritor, com as circunstâncias que são trazidas à baila somente no ato de escrever.

O romance católico que fracassa normalmente é aquele em que esse tipo de envolvimento está ausente. É um romance que não enfrenta nenhuma cultura particular. Pode tentar fazer uma cultura a partir da Igreja, mas isso sempre é um equívoco porque a Igreja não é uma cultura. O romance católico que fracassa é um romance em que não há senso de lugar, e em que o sentimento é, em grande medida, diminuído. Sua ação se dá num cenário abstrato que podia ser qualquer lugar ou lugar nenhum. Isso reduz suas dimensões drasticamente e mata as tensões que impedem a ficção de ser medíocre e escorregadia.

O principal laço do escritor sulista com o Sul é seu ouvido, que normalmente é apurado, mas não versátil fora de seu próprio idioma. Com poucas exceções, tais como a senhorita Katherine Anne Porter, ele não é frequentemente um cosmopolita bem-sucedido na ficção, mas o fato é que não precisa ser. Um idioma peculiar é um instrumento poderoso para evitar a ficção social. Quando uma personagem sulista fala, independentemente de sua situação na vida, ouve-se um eco de toda a vida sulista. Isso ajuda a impedir que a ficção sulista se torne uma ficção da experiência puramente privada.

Outrora, a alienação era um diagnóstico; hoje, em boa parte de nossa ficção, tornou-se um ideal. O herói moderno é o forasteiro. Sua experiência não tem raízes. Ele pode ir para qualquer lugar. Não pertence a lugar algum. Sendo estrangeiro a nada, termina alienado de qualquer tipo de comunidade baseada em gostos e interesses comuns. As fronteiras de seu país são os lados de seu crânio.

O Sul é tradicionalmente hostil a forasteiros, exceto em seus próprios termos. É tradicionalmente contrário a intrusos, estrangeiros de Chicago ou New Jersey, todos aqueles que vêm de longe com energia moral que aumenta em proporção direta com a distância de casa. É difícil fazer a separação entre as virtudes desta qualidade e a estreiteza que a acompanha e dá cor ao mundo exterior. É ainda mais difícil reconciliar o instinto sulista de preservar sua identidade e seu igual instinto de cair vítima de todo ar venenoso de Hollywood ou da Avenida Madison. Bem e mal parecem estar unidos em toda cultura até a medula, e, no que diz respeito a um corpo de ficção, o social é superior ao puramente pessoal. Algum lugar é melhor que lugar nenhum. E os costumes tradicionais, mesmo desequilibrados, são melhores do que costume nenhum.

O escritor cujos temas são religiosos precisa particularmente de uma região em que esses temas encontrem uma resposta na vida do povo. O católico americano é rude em lugares que refletem sua vida religiosa particular e seus problemas particulares. Este país não está exatamente dividido na imagem dele. Onde ele tem um lugar

— como as paróquias do Meio-Oeste, que serve como a região de J. F. Powers, ou o Sul de Boston, que pertence a Edwin O'Connor —, esses lugares carecem de características significativas que resultem num alto grau de autoconsciência regional. Não têm grande extensão geográfica, não têm nenhuma história particularmente significativa, decerto nenhuma história de derrota; não têm classe camponesa real, e nenhuma unidade cultural do tipo que se encontra no Sul. De modo que, não importa o que o escritor lhes traz na forma de talentos, elas não lhe dão muito na forma de benefícios exploráveis. Onde abundam os católicos, eles normalmente se misturam quase imperceptivelmente ao pano de fundo materialista geral. Se a fé católica fosse central à vida na América, a ficção católica se sairia melhor, mas a Igreja não é central nesta sociedade. As coisas que nos unem como católicos são conhecidas apenas por nós. Uma sociedade secular nos entende cada vez menos. Fica cada vez mais difícil na América tornar a crença crível, mas nela o escritor sulista tem a maior vantagem possível. Ele vive no Cinturão da Bíblia.

Foi por volta de 1919 que Mencken chamou o Sul de Cinturão da Bíblia e o Saara das *Bozarts*.[1] Hoje, a literatura sulista é conhecida em todo o mundo, e o Sul ainda é o Cinturão da Bíblia. A avó de Sam Jones leu a Bíblia trinta e sete vezes de joelhos. E a cidadezinha rural South, e mesmo um

---

[1] *Bozarts* era a forma como o crítico H. L. Mencken escrevia, de forma cômica, o termo francês *beaux arts* (belas-artes). (N. T.)

certo nível de cidade South, é formada pelos descendentes de anciãs como ela. Não se abandona sua influência nem mesmo em várias gerações.

Para ser grandes contadores de histórias, precisamos contrastar-nos com algo, e é isso que notadamente falta nesta era. Os homens julgam a si mesmos hoje pelo que se encontram fazendo. O católico tem a lei natural e os ensinos da Igreja para guiá-lo, mas, para o escritor de ficção, algo mais é necessário.

Para os propósitos da ficção, esses guias têm de existir numa forma concreta, conhecida e considerada sagrada por toda a comunidade. Têm de existir na forma de histórias que afetam nossa imagem e nosso julgamento de nós mesmos. Abstrações, fórmulas e leis não servem aqui. Precisamos ter histórias em nosso contexto. É necessário ter uma história para criar uma história. É necessária uma história de dimensões míticas, que pertença a todos, em que todos são capazes de reconhecer a mão de Deus e sua linhagem. No Sul protestante, as escrituras cumprem este papel.

O gênio hebreu para tornar concreto o absoluto tem condicionado o modo sulista de olhar para as coisas. Essa é uma das razões por que o Sul é uma seção de contação de histórias. Nossa resposta à vida é diferente se nos tiverem ensinado apenas uma definição de fé em vez de termos tremido com Abraão enquanto ele erguia o cutelo contra Isaque. Ambos os tipos de conhecimento são necessários, mas, nos últimos quatro ou cinco séculos, os católicos hiperenfatizaram o abstrato e, consequentemente, empobreceram sua imaginação e sua capacidade de visão profética.

Nada garantirá o futuro da ficção católica como o reavivamento bíblico de que agora vemos sinais na vida católica. A Bíblia é considerada sagrada pela Igreja, ouvimo-la ser lida na missa, trechos e fragmentos dela nos são expostos na liturgia, mas, como não somos inteiramente dependentes dela, ela não penetrou muito fundo em nossas consciências nem condicionou nossas reações à experiência. Infelizmente, onde há católicos lendo a Bíblia descobre-se que, em geral, esta é uma atividade dos instruídos, mas no Sul a Bíblia é conhecida também pelo ignorante, e sempre é aquele *mythos* que o pobre tem em comum que é mais valioso para o escritor de ficção. Quando o pobre detém a história sagrada em comum, ele tem laços com o universal e o santo, que permitem que o significado de todas as suas ações seja intensificado e visto sob a perspectiva da eternidade. O escritor que vê o mundo sob essa luz será muito agradecido se tiver tido fortuna suficiente para ter o Sul como seu pano de fundo, porque aqui ainda se pode tornar a crença crível, mesmo que para a mente moderna ela não possa tornar-se admirável.

O entusiasmo religioso é aceito como uma das características mais grotescas do Sul, e é possível desenvolver aquela aceitação, apesar da pouca compreensão real que essa aceitação pode trazer consigo. Quando escreve sobre profetas do interior, é muito difícil explicar ao leitor moderno que você leva essas pessoas a sério, que não está zombando delas, mas que as preocupações delas são as suas e que, em seu juízo, são centrais à vida humana. É quase inconcebível para o leitor moderno que esse pudesse ser o caso. É difícil o bastante para ele suspender a descrença e aceitar um nível anagógico de ação; é ainda mais difícil para ele aceitar sua ação numa personagem obviamente grotesca. Ele tem a noção equivocada de que a preocupação com a graça é uma preocupação com o comportamento humano exaltado, que é uma preocupação pretensiosa. É, no entanto, simplesmente uma preocupação com a reação humana ao que, instante a instante, dá vida à alma. É uma preocupação com uma realização que gera a caridade e com a caridade que gera a ação. Muitas vezes, a natureza da graça só pode permanecer por meio da descrição de sua ausência.

O escritor católico pode estar submerso na Bíblia, mas, se seus leitores e suas personagens não estão, ele não tem o instrumento para sondar o significado — e especificamente o significado cristão — que ele teria se o pano de fundo bíblico fosse conhecido de todos. É o que o escritor, as personagens e o leitor compartilham que torna possível a escrita da ficção.

As circunstâncias de ser sulista, de viver numa sociedade não católica, mas religiosa, fornecem ao romancista católico alguns antídotos muito bons às suas piores tendências. Nós gostamos demais de esbaldar-nos na lógica que mata, de criar categorias cada vez menores, de prescrever atitudes e proscrever assuntos. Para o católico, um resultado da contrarreforma foi a ênfase prática exagerada no lógico e no legal e um consequente abandono da tradição mais ampla da Igreja. A necessidade desta ênfase agora diminuiu, e a Igreja está ocupada incentivando aqueles avivamentos bíblicos e litúrgicos que hão de restaurar a vida católica à devida plenitude. Todavia, as cicatrizes desta abordagem legalista ainda estão sobre nós. Aqueles que dominam a lógica, as definições, as abstrações e fórmulas frequentemente carecem de um senso do concreto, e quando se encontram num ambiente em que seus próprios princípios têm aplicação apenas parcial na sociedade, eles são forçados não a abandonar os princípios, mas a aplicá-los a uma situação diferente, a criar reações renovadas.

Muitas vezes, encontro entre católicos certa impaciência com a literatura sulista; às vezes, uma impaciência fascinada, mas, em geral, um sentimento definido de que, com toda a violência, o grotesco e o entusiasmo religioso refletidos na ficção, o Sul — isto é, o Sul rural, protestante, do Cinturão da Bíblia — está um pouco além dos limites do respeito católico, e que certamente seria ridículo esperar a emergência em tal solo de algo como uma literatura inspirada pela crença católica. Mas, de minha parte, não acho que seja de modo algum improvável. Há certas condições necessárias para a emergência de uma literatura católica que não se encontram em nenhum outro lugar deste país com tal abundância quanto no Sul protestante; e anseio com considerável prazer o dia em que teremos de ampliar nossas noções acerca do romance católico para incluir alguns espécimes sulistas bem estranhos.

Parece-me que a experiência católica sulista de viver tão intimamente com a divisão da cristandade é uma experiência capaz de dar muita amplitude e acuidade aos romances que ela pode produzir. O romancista católico no Sul é forçado a seguir o espírito em lugares estranhos e a reconhecê-lo em muitas formas não totalmente compatíveis com ele. Ele pode julgar que o tipo de religião que tem influenciado a vida sulista vem correndo de mãos dadas com o individualismo extremo por tanto tempo que não sobrou nada nele que se possa reconhecer; no entanto, quando penetra a aspiração humana subjacente, vê não só o que se perdeu para a vida que ele observa, mas, além disso, a terrível perda para nós, na Igreja, da fé e da paixão humana. Acho que ele sente mais afinidade com profetas caipiras e fundamentalistas que gritam do que sentirá com aqueles indivíduos mais polidos para os quais o sobrenatural é um constrangimento e para quem a religião tornou-se um departamento de sociologia ou uma cultura ou um desenvolvimento da personalidade. Seu interesse e sua simpatia podem muito bem seguir — como sei que acontece com o meu próprio interesse — diretamente aqueles aspectos da vida sulista em que o sentimento religioso é mais intenso e onde suas formas exteriores estão mais longe da católica, e mais revelam uma necessidade que somente a Igreja pode atender. Não é porque, na percepção da superioridade da ortodoxia, ele deseja subtrair uma teologia da outra, mas porque, mergulhando em si mesmo para encontrar essa região, ele descobre que é com esses aspectos da vida sulista que ele tem um sentimento de afinidade forte o bastante para incitá-lo a escrever.

O resultado dessas afinidades religiosas subterrâneas será uma ficção estranha e, para muitos, perversa, que não serve a nenhuma necessidade sentida, que não nos dá um retrato da vida católica, ou de experiências religiosas que nos são comuns, mas acredito que será uma ficção católica. Essas pessoas na igreja invisível fazem descobertas que têm significado para nós, que somos mais bem protegidos das vicissitudes de nossa própria natureza, e que somos, muitas vezes, preguiçosos e satisfeitos demais para fazer qualquer descoberta. Creio que o escritor de ficção católico é livre para encontrar seu tema na igreja invisível e que esta será a vocação de muitos de nós que crescemos no Sul. Numa literatura que tende naturalmente a extremos, como a literatura sulista, precisamos de algo para proteger-nos contra o meramente extremo, meramente pessoal, meramente grotesco, e aqui o católico, com sua tradição mais antiga e sua capacidade de resistir à dissolução da crença, pode dar sua contribuição à literatura sulista, mas somente se perceber, a princípio, que tem tanto a aprender com ela quanto a dar. O romancista católico no Sul reforça as melhores tradições do Sul, pois elas são as suas próprias. E o Sul talvez o leve a ser menos tímido como romancista, mais respeitoso com o concreto, mais confiante na imaginação cega.

As oportunidades para o potencial escritor católico no Sul são tão grandes quanto intimidantes. Ele vive numa região em que há uma tradição literária próspera, e isso talvez seja uma vantagem para o escritor que inicialmente é menos inspirado pela vida do que pela obra de seus antecessores. Vive numa região que está lutando, por bem ou por mal, para preservar sua identidade, e essa é uma vantagem, pois sua necessidade dramática é conhecer os costumes sob pressão. Vive no Cinturão da Bíblia, onde a crença pode ser crível. Ele também tem aqui uma boa visão do mundo moderno. Um passeio de meia hora nesta região o levará de lugares em que a vida tem um sabor característico do antigo testamento a lugares em que a vida pode ser considerada pós-cristã. No entanto, todas essas situações variadas podem ser vistas num relance e ouvidas numa conversa.

Acho que os romancistas católicos no futuro serão capazes de revigorar a força vital da literatura sulista, pois saberão que o que deu ao Sul sua identidade são aquelas crenças e qualidades que ele absorveu das Escrituras e de sua própria história de derrota e transgressão.

Se tudo o que está faltando nesta cena é a influência prática da Igreja Católica visível, o escritor descobrirá que tem de preencher a lacuna, da melhor maneira que puder, por si mesmo; e fará isso pelo modo como usa seus olhos. Se ele os usa na confiança de sua fé, e segundo as necessidades do que está fazendo, não haverá nada demasiado grotesco na vida, ou algo demasiado "não católico", para fornecer os materiais de sua obra. Decerto, num mundo secular, ele está numa posição particular para apreciar e estimar o Sul protestante, para lembrar-nos do que temos e do que devemos preservar.

Parte 6

Introdução a *Uma memória de Mary Ann*

Histórias de crianças piedosas tendem a ser falsas. Isso pode acontecer porque são contadas por adultos, que veem virtude onde seus objetos veriam apenas um curso prático de ação; ou pode ser porque tais histórias são escritas para edificar, e o que se escreve para edificar normalmente termina por entreter. De minha parte, nunca me importei em ler sobre menininhos que constroem altares e fazem de conta que são padres, ou sobre menininhas que se vestem de freiras ou sobre aquelas crianças protestantes piedosas que não têm esses recursos, mas avivam as esquinas onde se encontram.

Na primavera de 1960, recebi uma carta da Irmã Evangelista, a superiora da Casa de Combate ao Câncer Nossa Senhora do Perpétuo Socorro, em Atlanta. "Este é um pedido estranho", dizia a carta, "mas tentaremos contar nossa história da maneira mais breve possível. Em 1949, uma menininha de três anos de idade, Mary Ann, foi admita em nossa Casa como paciente. Ela se mostrou uma criança notável e viveu até os doze anos. Há muito que dizer sobre esses nove anos. Pacientes, visitantes, irmãs, todos foram influenciados de algum modo por essa criança aflita.

No entanto, ninguém jamais a considerou aflita. É verdade que ela nasceu com um tumor no rosto; um olho teve de ser amputado, mas o outro olho brilhava, piscava, dançava de um jeito travesso, e, depois de um encontro com ela, ninguém jamais estava consciente de sua deficiência física, mas reconhecia-lhe apenas o lindo espírito valente e sentia-se alegre com esse contato. Agora, a história de Mary Ann precisa ser escrita, mas quem o fará?"

Não eu, disse a mim mesma.

"Recebemos ofertas de freiras e outros, mas não queremos um recitalzinho piedoso. Queremos uma história com impacto real na vida dos outros exatamente como a própria Mary Ann impactou a vida de cada um a quem tocou... Esse não precisa ser um relato factual. Pode ser um romance com outras personagens, mas a personagem em destaque seria Mary Ann."

Um romance, pensei. Credo!

Irmã Evangelista termina convidando-me a escrever a história de Mary Ann e a passar alguns dias na Casa em Atlanta e "embeber-me da atmosfera" em que a menina viveu por nove anos.

É sempre difícil explicar para pessoas que não são escritores profissionais que um talento para a escrita não quer dizer um talento para escrever absolutamente qualquer coisa. Não quero absorver a atmosfera de Mary Ann. Eu não seria capaz de escrever a história dela. A Irmã Evangelista havia incluído uma foto da menina. Bati os olhos nela quando abri a carta pela primeira vez e tive de pô-la de lado rapidamente. Agora, peguei-a para dar uma última olhada apressada antes de devolvê-la às irmãs. Ela mostrava uma menininha de véu e com o vestido da Primeira Comunhão. Ela estava sentada num banco, segurando algo que não consegui identificar. Seu rostinho era liso e brilhante de um lado. O outro lado era protuberante, o olho estava tapado, o nariz e a boca levemente fora do lugar. A criança olhava para seu observador com felicidade e serenidade evidentes. Continuei a contemplar a foto por muito tempo depois que pensei em dispensá-la.

Algum tempo depois, levantei-me, fui até a estante e peguei um livro com as histórias de Nathaniel Hawthorne. A congregação dominicana a que pertencem as freiras que haviam tomado conta de Mary Ann fora fundada por Rose, a filha de Hawthorne. A foto da menina trouxe-me à mente sua história, *A marca de nascença*. Encontrei a história e abri-a naquele diálogo maravilhoso em que Alymer pela primeira vez menciona à mulher o defeito dela.

> Um dia, Alymer sentou-se olhando para a esposa com um semblante de preocupação, que piorava, até que resolveu falar:
>
> — Georgiana — disse ele —, nunca te ocorreu que a marca em tua bochecha pudesse ser removida?
>
> — Não — disse ela, sorrindo; mas, ao perceber a seriedade da postura do marido, enrubesceu. — Para dizer a verdade, ela foi tantas vezes considerada um

charme que simplesmente imaginei que de fato pudesse ser verdade.

— Ah, em outro rosto, talvez — respondeu o marido —, mas nunca no teu. Não, querida Georgiana, chegaste tão perto da perfeição da Natureza que este pequeno defeito, que hesitamos em chamar de defeito ou beleza, choca-me, como a marca visível da imperfeição terrena.

— Tu me chocas, meu marido! — E Georgiana chorou, profundamente magoada, à primeira vista enrubescendo com uma raiva momentânea, mas depois caiu em prantos. — Então, por que me tiraste da casa de minha mãe? Não podes amar aquilo que te choca!

O defeito na bochecha de Mary Ann não podia ser confundido com um charme. Era claramente grotesco. Ele pertencia ao fato, não à fantasia. Considerei tarefa minha escrever à Irmã Evangelista dizendo que, se algo tivesse de ser escrito sobre essa criança, deveria mesmo ser uma "história factual", e continuei para dizer que, se alguém tinha de escrever esses fatos, havia de ser as próprias irmãs, que a conheceram e cuidaram dela. Senti isso intensamente. Ao mesmo tempo, queria deixar claro que eu não era a pessoa certa para escrever uma narrativa factual, e não há modo mais rápido de livrar-se de um trabalho do que prescrevê-lo a quem lho solicitou. Acrescentei que elas deveriam aceitar meu conselho, e ficaria feliz em ajudá-las com a preparação do manuscrito e em fazer um pequeno trabalho de edição que se mostrasse necessário. Não tive dúvida de que isso era generosidade sadia. Não esperava ouvir falar delas novamente.

Em *Nossa Casa Velha*, Hawthorne fala de um cavalheiro obstinado que, enquanto passava por uma casa de correção em Liverpool, foi seguido por uma criança esfarrapada e catarrenta, de aparência tão terrível que ele não conseguiu descobrir de que sexo ela era. A criança o seguiu até que decidiu pôr-se diante dele e, em silêncio, pediu colo. O cavalheiro obstinado, depois de uma pausa que era significativa para ele, pegou-a e segurou-a. Hawthorne comenta o seguinte:

> No entanto, não era fácil para ele fazer isso, sendo ele uma pessoa sobrecarregada com mais do que uma reserva costumeira de homem inglês, com vergonha de contato real com seres humanos, aflito por um desgosto peculiar para o que quer que soasse feio, e, ademais, acostumado ao hábito da observação de um ponto de vista isolado que se diz (espero que erroneamente) ter a tendência de pôr gelo no sangue.
>
> Então, vi a luta em sua mente com uma boa dose de interesse, e defendo seriamente a opinião de que ele fez um ato heroico e realizou mais do que sonhava por sua salvação final quando tomou a criança repugnante e acariciou-a com tanta ternura como se fosse o pai dela.

O que Hawthorne deixou de acrescentar é que era ele o cavalheiro que fez isso. Sua esposa, após a morte dele, publicou seus cadernos, em que havia este relato do incidente:

> Depois disso, fomos para a ala em que as crianças eram mantidas e, ao entrar ali, vimos, em primeiro lugar, dois ou três diabretes desagradáveis e doentios, que estavam brincando juntos preguiçosamente. Um deles (uma criança de cerca de seis anos, mas não sei se menino ou menina) imediatamente gostou de mim de um jeito estranhíssimo. Ela era esfarrapada, pálida, meio letárgica, e tinha uma secreção no olho que o governante disse ser escorbuto. Nunca vi, até poucos momentos depois, uma criança a quem me senti menos inclinado a acariciar. Mas este nojentinho comedor de ranho ficou me rondando, puxando minhas barras, seguindo meus calcanhares, e enfim, erguendo as mãos, sorriu para mim e, ficando bem na minha direção, insistiu que o tomasse nos braços! Não disse uma palavra, pois acho que era retardado e não sabia falar; mas seu rosto expressava uma confiança tão perfeita de que seria pego nos braços e queria tanto isso, que foi impossível não atendê-lo. Era como se Deus tivesse prometido à criança este favor em meu lugar, e eu precisava cumprir o contrato. Assumi meu fardo indesejável por um tempo, e, depois de colocar a criança de volta no chão, ela ainda

> me seguiu, segurando dois dedos meus e brincando com eles, exatamente como se fosse meu filho. Era um enjeitado, e de toda a humanidade ele escolheu a mim como pai! Subimos as escadas em direção a outro cômodo; e, ao descer novamente, lá estava essa mesma criança esperando por mim, com um sorriso doentio em sua boca desfigurada e em seus olhos vagos e vermelhos. Jamais me perdoaria se eu tivesse repelido suas iniciativas.

Rose Hawthorne, Madre Afonsa na vida religiosa, escreveu mais tarde que o relato desse incidente no asilo Liverpool lhe parecia conter as palavras mais nobres que o pai já escrevera.

A obra da filha de Hawthorne talvez seja conhecida de poucos neste país, onde deveria ser conhecida de todos. Ela descobriu muito do que ele buscava, e cumpriu na prática os desejos ocultos do pai. O gelo no sangue que ele temia, e de que este medo o preservou, tornou-se para ela um calor que desencadeou a ação. Se ele observou com medo, mas com sinceridade; se agiu relutante, mas com firmeza, ela avançou segura no caminho que a honestidade do pai lhe tinha traçado.

Até o fim do século XIX, ela tomou consciência do drama dos pobres com câncer em Nova York e se afligia com isso. Pacientes de caridade com câncer incurável não eram mantidos nos hospitais da cidade, mas mandados para a ilha Blackwell ou tinham de encontrar um lugar para morrer. Em qualquer dos casos, eram deixados à míngua. Rose Hawthorne Lathrop era uma mulher de grande força e energia. Poucos anos antes, ela se convertera ao catolicismo e, desde então, vinha procurando o tipo de ocupação que seria um cumprimento prático de sua conversão. Quase sem dinheiro, mudou-se para um prédio na pior região de Nova York e começou a receber pacientes com câncer incurável. Mais tarde, juntou-se a ela uma jovem pintora de retratos, Alice Huber, cuja firmeza e paciência complementavam seu próprio vigor e generosidade. Com o esforço somado, o trabalho exaustivo prosperou. Enfim, outra mulher veio ajudá-las, e tornaram-se uma congregação de freiras da Ordem Dominicana — Servas do Alívio do Câncer Incurável. Hoje há sete desses abrigos gratuitos para pacientes com câncer no país.

Madre Afonsa herdou uma boa parcela do talento literário do pai. O relato do neto de seu primeiro paciente é uma leitura excelente. Ele era um rapaz que, por motivos inevitáveis, fora trazido para viver um tempo no apartamento com sua avó convalescente e os demais pacientes ali à época.

> O moço foi trazido por um oficial da instituição para uma visita. Minha primeira olhadela em seu rosto rosado, saudável e inteligente disparou um calafrio de alerta em minha alma. Ele era o rebento de raízes criminosas. Seus olhos tinham o olhar firme de vigor satânico... Comecei a ensinar-lhe o catecismo. Com

extrema bonomia, sentou-se à minha frente pelo tempo que ali permaneci, dando respostas corretas. "Ele prefere estudar a ser ocioso", disse a avó; "e eu mesmo ensinei isso a ele, há muito tempo". Seus olhos assumiam uma vaguidão mística durante essas lições, e eu sentia que ele contaria a verdade no futuro e seria gentil, e não rude.

A comida estava escondida nos cantos escuros para o bichinho querubínico e superalimentado, e suas brincadeiras e seus roubos eram encobertos e negados, e as roupas legais que lhe dei, de nossas lojas, com um terno novo para os domingos, desapareceram estranhamente quando Willie foi chamar sua mãe... Em poucas semanas, Willie ficou famoso na vizinhança como o pior garoto que já havia aparecido por ali, embora a região estivesse repleta de patifes. Os internos da casa e das imediações tinham medo dele, e os patifes o rodeavam enquanto ele corria de uma fuga a outra numa rua diabólica que nunca esteve livre de algum tipo de afronta perpetrada por jovens ou velhos. Willie ateava fogo ao telhado do galpão, jogava pedras que só os anjos da guarda afastavam de nossa cabeça, que na verdade acertaram vários menininhos em diversas ocasiões, de quem cuidamos na Sala de Socorro. Ele fazia exclamações que soavam medonhas até a ouvidos profanos... Ele se deleitava com as figuras de santos que lhe dei, roubou as que não dei e vendeu-as todas. Eu pregava com fervor, e ele ouvia com ternura, e prometia "lembrar-se", e lamentava muito seus pecados quando era forçado por uma mão de ferro a aceitar sua revelação. Ele deixou uma impressão bastante positiva num padre experiente que foi chamado para resgatar-lhe a alma; e fez uma fogueira especialmente grande em nosso depósito de madeira quando se soltou. A pobre avó começou a ter hemorragias graves, por causa dos choques que recebia e das repreensões que dava. Antes de ele vir, ela costumava chamá-lo de "aquele anjinho". Agora, ela sabiamente declarava que ele tinha um bom coração.

Crianças más são mais difíceis de suportar do que as boas, mas é mais fácil ler sobre elas, e congratulei-me por ter diminuído a possibilidade de um livro sobre Mary Ann ao sugerir que as irmãs o fizessem por si mesmas. Embora eu tenha ouvido da Irmã Evangelista que elas se dedicariam a isso, senti que umas poucas tentativas de capturar Mary Ann na escrita as levaria a pensar melhor no projeto. Era duvidoso que alguma delas tivesse o talento literário de sua fundadora. Ademais, eram freiras ocupadas e tinham as mãos cheias, seguindo uma vocação extenuante.

***

O manuscrito chegou em 1º de agosto. Depois que recobrei ânimo, sentei-me e comecei a lê-lo. Tinha tudo para fazer o escritor profissional lamentar. A maior parte dele era composta de notícias, muito pouco foi processado; no momento dramático — onde havia um —, o observador parecia desaparecer, e onde uma palavra ou uma frase exata era necessária, geralmente empregava-se um termo vago. No entanto, quando terminei a leitura, com as imperfeições do escrito esquecidas, continuei pensando no mistério de Mary Ann. Elas tinham conseguido transmiti-lo.

A história estava tão inacabada quanto o rosto da menina. Ambos pareciam ter sido deixados, como a criação no sétimo dia, para ser finalizados por outros. O leitor teria de fazer algo com a história assim como Mary Ann fizera algo com o rosto.

Ela e as irmãs que a ensinaram haviam gerado a partir de seu rosto inacabado o material de sua morte. A ação criativa da vida cristã é preparar a morte em Cristo. É uma ação contínua em que os bens deste mundo são utilizados à plenitude, tanto os dons positivos quanto o que o padre Teilhard de Chardin chama de "passividades de diminuição". A passividade de Mary Ann era extrema, mas ela estava equipada pela inteligência natural e por uma educação adequada não simplesmente para suportá-la, mas para fortalecer-se a partir dela. Era uma menininha extraordinariamente preciosa.

A morte é um tema muito recorrente na literatura moderna. Há *Morte em Veneza*, *Morte de um Vendedor*, *Morte à Tarde*, *Morte de um Homem*. A de Mary Ann era a morte de uma criança. Era um livro mais simples do que qualquer um desses, embora infinitamente mais consciente. Quando ela entrou pela porta da Casa de Nossa Senhora do Perpétuo Socorro em Atlanta, caiu nas mãos de mulheres que não se chocavam com nada e que amavam a vida a tal ponto que passaram a própria dando conforto àqueles que receberam o diagnóstico de um câncer incurável. Seu prognóstico era de seis meses, mas ela viveu doze anos, tempo suficiente para as irmãs lhe ensinarem somente o que podia ser importante para ela. A educação dela foi uma educação para a morte, mas não conduzida de modo intrusivo. Seus dias foram repletos de cães e vestidos de festas, de freiras e irmãs, de Coca-Cola e sanduíches Dagwood e de seus muitos e variados amigos — do senhor Slack e senhor Connolly a Lucius, o jardineiro; dos pacientes sofredores como ela até as crianças que eram trazidas ao Lar para visitá-la, que, quando partiam, talvez ouvissem que tinham de pensar em como ser agradecidas porque Deus lhes deu rostos perfeitos. Não sei se alguma delas era tão afortunada quanto Mary Ann.

As irmãs tinham registrado tudo isso sem arte e tinham dedicado boa parte do espaço ao detalhamento das tarefas piedosas de Mary Ann. Fui tentada a cortar muitas dessas partes. Tinham me dado autorização para cortar, e eu podia ter me lançado na tarefa com satisfação não fosse o fato de que não havia nada com que preencher as lacunas que eu criasse. Também senti que, embora o estilo tivesse sido afetado pela hagiografia tradicional e mesmo um pouco por Parson Weems, o que elas tinham documentado era o que acontecera, e não havia como evitar isso. Esta era uma criança criada por dezessete freiras; era o que era, e a coceira na mão do escritor de ficção teria de conter-se. Eu só seria capaz de lidar com outro Willie.

Mais tarde, sugeri à Irmã Evangelista, numa ocasião em que algumas das irmãs vieram passar a tarde comigo a fim de discutir o manuscrito, que Mary Ann não podia ter sido muita coisa a não ser boa, considerando o ambiente. A Irmã Evangelista inclinou-se sobre o braço da poltrona e me encarou. Os olhos dela eram azuis e imprevisíveis por trás dos óculos que se desprendiam deles levemente. "Todos temos alguns demônios!", disse ela, e com um gesto da mão censurou minha ignorância.

Depois de uma tarde com elas, concluí que se tinham familiarizado com tudo sem esquivar-se de nada, muito embora uma delas tenha-me perguntado durante a visita por que escrevi sobre personagens grotescos, por que o grotesco (de todas as coisas) era minha vocação. Nesse ínterim, elas tinham inspecionado alguns de meus escritos. Eu estava lutando para escapar do anzol em que ela me fisgara quando outro de nossos convidados deu a única resposta que deixaria tudo imediatamente claro para todas elas. "É a vocação de vocês também", ele disse.

Isso também me abriu uma nova perspectiva sobre o grotesco. A maioria de nós aprendeu a ser impassível quanto ao mau, a olhá-lo nos olhos e encontrar, com muita frequência, nossas reflexões sorridentes com as quais não discutimos, mas o bem é outra história. Poucos o têm contemplado por tempo suficiente para aceitar o fato de que sua face também é grotesca, que em nós o bem é algo em construção. Os modos do mal normalmente recebem expressão digna. Os modos do bem têm de ser satisfeitos com um clichê ou um eufemismo que suaviza sua aparência real. Quando olhamos na face do bem, estamos sujeitos a ver um rosto como o de Mary Ann, cheio de promessas.

O bispo Hyland fez a homilia do funeral de Mary Ann. Ele disse que o mundo perguntaria por que Mary Ann tinha de morrer. Sem dúvida, ele estava pensando naqueles que a conheceram e sabiam que ela amava a vida, sabiam que segurava um hambúrguer com tanta força que uma vez caiu de costas da cadeira sem derrubá-lo, ou que, alguns meses antes da morte, ela e a Irmã Loretta receberam um bebê de verdade para cuidar. O bispo estava falando para a família e para os amigos dela. Ele não podia estar pensando naquele mundo — muito distante, embora em toda parte — que não perguntaria por que Mary Ann havia de morrer, mas por que, em primeiro lugar, ela teve de nascer.

Uma das tendências de nossa era é usar o sofrimento das crianças para desacreditar da bondade de Deus, e, uma vez que desacredita de sua bondade, você rompe as relações com ele. Os Alymers, a quem Hawthorne via como uma ameaça, se multiplicaram. Ocupados eliminando a imperfeição humana, eles estão fazendo progressos também na matéria-prima do bem. Ivan Karamazov não conseguia crer enquanto uma criança estive em tormento; o herói de Camus não podia aceitar a divindade de Cristo por causa do massacre dos inocentes. Nesta piedade popular, assinalamos nosso ganho de sensibilidade e nossa perda de visão. Se outras eras sentiam menos, viram mais, embora tenham visto com o olho cego, profético e impassível da aceitação, ou seja, da fé. Na ausência dessa fé agora, governamos por meio da sensibilidade. É uma sensibilidade que, há muito afastada da pessoa de Cristo, está envolta em teoria. Quando a sensibilidade se aparta da fonte da sensibilidade, sua consequência lógica é o terror. Termina em campos de trabalhos forçados e na fumaça das câmaras de gás.

Essas reflexões parecem distantes da simplicidade e da inocência de Mary Ann, mas não estão tão apartadas assim. Hawthorne as podia ter posto numa fábula e nos mostrado o que temer. No fim, não posso pensar em Mary Ann sem pensar também naquele cético meticuloso da Nova Inglaterra que temia o gelo em seu sangue. Há uma linha direta entre o incidente no asilo de Liverpool, a casa da filha de Hawthorne e Mary Ann — que representa não apenas ela mesma, mas todos os demais exemplos de imperfeição e grotesco que as Irmãs da Ordem de Rose Hawthorne passaram a vida a cuidar. A obra delas é a árvore que brotou do pequeno ato de imitação de Cristo feito por Hawthorne, e Mary Ann é sua flor. Por causa do medo, a busca e a caridade que lhe marcaram a vida e influenciaram sua filha, Mary Ann herdou, um século depois, a riqueza da sabedoria católica que a ensinou o que fazer com a morte. Hawthorne deu o que ele mesmo não teve.

Esta ação pela qual a caridade cresce invisivelmente entre nós, entrelaçando os vivos e os mortos, é chamada pela Igreja de Comunhão dos Santos. É uma comunhão criada sobre a imperfeição humana, criada a partir do que fazemos de nosso estado grotesco. Do dela, Mary Ann fez o que, como todas as coisas boas, teria escapado à atenção se as irmãs e muitos outros não tivessem sido afetados por ela e desejassem registrá-las por escrito. As irmãs que escreveram as memórias contaram-me que sentiam que tinham fracassado em criá-la como ela era, que ela era mais vivaz do que conseguiram apresentá-la, mais alegre, mais graciosa, mas acho que elas fizeram o suficiente, e o fizerem bem. Acho que, para o leitor, essa história iluminará as linhas que unem as vidas mais diversas e que nos mantêm apegados a Cristo.

Apêndice

[Além dos rascunhos das conferências, os papéis de O'Connor incluíam duas categorias menores de manuscritos: breves resenhas de livros feitas sobretudo para o Georgia Bulletin, *o jornal da diocese; e cópias de anotações que a senhorita O'Connor escreveu em resposta a perguntas de entrevistadores. Aqui e ali, em cada uma delas, claro, havia passagens de bom senso e sabor que aparentavam merecer republicação. Mas, na revisão reiterada, essas coisas pareciam acrescentar cada vez menos ao que os textos maiores tinham a dizer. Por fim, fomos deixados com bem poucos exemplos, dos quais será justo e suficiente citar dois. O primeiro é de uma resenha do livro de contos de J. F. Powers,* The Presence of Grace.]

Segundo o senhor Evelyn Waugh, na sobrecapa do livro, "O senhor Powers é quase o único em seu país que, como escritor leigo, está à vontade na igreja; cuja arte inteira, ademais, é infusa e dirigida por sua fé". De fato, se não fosse dirigido pela fé, o senhor Powers não teria sido capaz de sobreviver ao que seus olhos e ouvidos lhe revelaram, mas ele está equipado com um olho interior capaz de discernir tanto o bem quanto o mal que pode ocultar-se por trás da superfície que, para olhos comuns, há muito já morreram de velhice, de modo que sua obra, ainda que muito dirigida pela fé, parece mais dirigida pela caridade. Contudo, a explicação para qualquer bom escritor, em primeiro lugar, é que ele sabe escrever e que escrever é sua vocação. Isso é eminentemente verdadeiro acerca do senhor Powers, e é por essa razão que alguém pode ser autorizado a perguntar por que, em duas histórias dessa coleção, ele considerou adequado usar um gato no lugar da Inteligência Central. O gato em questão é admirável à sua maneira. Tem a sensibilidade e o humor do senhor Powers, sua fé e caridade suficiente para servir, mas é um gato, de todo modo, e em ambos os casos perde o tom e restringe o escopo do que, de outra forma, deveria ter sido uma história importante. A esperança da resenhista é que este animal tenha só mais uma vida e que algum motorista de Mineápolis, desejando servir à literatura, o despache assim que possível.

[*O segundo exemplo provém de uma entrevista com C. Ross Mullins, publicada em* Jubilee, *em junho de 1963.*]

Todos nós somos grotescos, e não acho que o sulista seja mais grotesco que qualquer outro; sua situação social, no entanto, exige mais dele do que em qualquer outro lugar neste país. É necessária uma graça considerável para que duas raças vivam juntas, particularmente quando a população está dividida em quase 50-50 entre elas e quando têm a nossa história particular. Não pode acontecer sem um código de comportamento baseado na caridade mútua. Lembro-me de uma frase de um ensaio de Marshall McLuhan. Esqueci-me das palavras exatas, mas a ideia central era, tanto quanto me lembro, que, depois da Guerra Civil, a formalidade tornou-se uma condição de sobrevivência. Isso não me parece menos verdadeiro hoje. A formalidade preserva aquela privacidade individual de que todos precisam e que, nestes tempos, está sempre em perigo de perder-se. É particularmente necessário tê-la a fim de proteger os direitos de ambas as raças. Quando se tem um código de conduta baseado na caridade mútua, e a caridade falha — como acontece constantemente —, tem-se essa conduta ali para preservar cada raça das pequenas intromissões sobre a outra. O negro sulista sem instrução não é o palhaço que finge ser. É um homem de costumes muito refinados e de grande formalidade, que ele usa de modo soberbo para própria proteção e para garantir sua privacidade. Tudo isso pode não ser ideal, e sim o sulista tem bom senso suficiente para não pedir o ideal, e sim apenas o possível, o viável. O Sul sobreviveu, no passado, porque seus costumes, por mais tortos e inadequados que fossem, proporcionaram uma disciplina social suficiente para manter-nos unidos e dar-nos uma identidade. Agora, esses velhos costumes estão obsoletos, mas os novos costumes terão de basear-se no que havia de melhor nos antigos — em sua base real de caridade e necessidade. Na prática, o sulista raramente subestima sua capacidade de praticar o mal. No restante do país, o problema da raça está resolvido quando o negro tem seus direitos, mas, para o sulista, seja ele branco ou de cor, isso é só o começo. O Sul tem de desenvolver um modo de vida em que as duas raças possam viver juntas em tolerância mútua. Não se forma um comitê para fazer isso ou passar uma resolução: ambas as raças têm de resolver isso do modo mais difícil. Em algumas partes do Sul, esses novos costumes estão sendo desenvolvidos de modo muito satisfatório, mas boas maneiras raramente dão as cartas.

Notas

"O rei dos pássaros". Este texto mantém o título que Flannery O'Connor lhe deu. Sob o título "Living with a Peacock" [Vivendo com um pavão], foi publicado em *Holiday*, em setembro de 1961.

"O escritor de ficção e seu país". Esta foi uma contribuição, na primavera de 1957, a um livro de depoimentos de romancistas acerca de sua arte, editado por Granville Kicks e publicado no mesmo ano com o título *The Living Novel: a Symposium [O Romance Vivo: um Simpósio]*.

"Alguns aspectos do grotesco na ficção do sul". Este ensaio foi lido pela autora no outono de 1960 no Weslyan College for Women, em Macon, Geórgia. À época, ela pediu que o texto tivesse apenas circulação local, pois, "cedo ou tarde, poderia ser revisado para publicação". Ela nunca chegou a revisá-lo. Depois de sua morte, seu testamenteiro literário permitiu em 1965 a publicação na *Cluster Review*, da Macon University, em Macon, e em *The Added Dimension*, um livro dedicado sobretudo a estudos críticos da obra da senhorita O'Connor, editado por Melville J. Friedman e Lewis A. Lawson, publicado em 1966. Neste último caso, ao menos, o texto publicado parecia conter diversos mal-entendidos. Imprimimos a versão do próprio manuscrito dela.

"O escritor regional" foi uma contribuição da autora a *Esprit*, a revista literária da University of Scranton, de Scantron, na Pensilvânia, onde apareceu no inverno de 1963.

"A natureza e o objetivo da ficção" e "Escrevendo contos" são combinações pelas quais os editores assumem o tipo de responsabilidade explicada no prefácio. Não sabemos as datas das palestras que originaram esses textos; o núcleo de "Escrevendo contos" foi proferido na Southern Writers' Conference [Conferência dos Escritores do Sul], sem registro de data ou local no manuscrito. "Sobre a própria obra" consiste em observações tardias, como observado nas notas de rodapé.

"O ensino de literatura" é uma combinação. A parte principal ou o núcleo foi uma única palestra a um grupo de escritores sem identificação. "Efeito total e a oitava série" foi publicado no *Georgia Bulletin*, em 21 de março de 1963, sob o título "Ficção é um tema com uma história; deveria ser ensinada assim". Usamos o título do manuscrito.

"A igreja e o escritor de ficção" foi publicado em *America*, em 30 de março de 1957.

"Romancistas católicos e seus leitores" e "O romancista católico no Sul protestante" são combinações de materiais relativamente tardios. O primeiro inclui passagens de um trabalho lido no College of St. Teresa, Winona, Minnesota, e publicado sob o título "O papel do romancista católico" em Greyfriar, Sinea Studies in Literature, vol. VII,

1964, no Siena College, Loundonville, N. Y. O último ensaio incorpora muito de uma conferência dada na Georgetown University durante as cerimônias do 175º aniversário em 1963 e foi publicado em *Viewpoint*, uma revista de Georgetown, na primavera de 1966.

O manuscrito de "Introdução a *Uma memória de Mary Ann*" traz a inscrição da senhorita O'Connor: "8 de dezembro de 1960, Milledgeville, Geórgia". Foi publicado pela primeira vez em 1961.

Obras de Flannery O'Connor

Traduzidas e publicadas no Brasil

Sangue Sábio. Trad. José Roberto O'Shea. São Paulo, Arx, 2002.

____________. Trad. Juliana Amato. Campinas, Sétimo Selo, 2022.

Contos Completos. Trad. Leonardo Fróes. São Paulo, Cosac Naify, 2008.

Um Homem Bom é Difícil de Encontrar e Outras Histórias. Tradução de Leonardo Fróes. Rio de Janeiro, Nova Fronteira, 2018.

Edições originais

A Good Man Is Hard to Find. New York, Harcourt, Brace, 1955.

Everything that Rises Must Converge.

New York, Farrar, Straus, and Giroux, 1965 (com prefácio de Robert Fitzgerald).

"Living with a Peacock", *Holiday*, 30:52 (setembro/1961).

Introdução de *A Memoir of Mary Ann*. New York, Farrar, Straus, and Cudahy, 1961, 1962.

Note on the Phenomenon of Man, by Pierre Teilhard de Chardin, American Scholar, 30:618 (outono/1961).

"The Church and the Fiction Writer", *America*, 96:733-35 (30 março de 1957).
"The Fiction Writer and His Country". In: *The Living Novel*, ed. Granville Hicks. New York, Macmillan, 1957, p. 157-64.
"The Regional Writer", *Esprit*, 7:31-35 (inverno/1963).
"The Role of the Catholic Novelist", *Greyfriar*, 7:5-12 (1964).
The Violent Bear it Away. New York, Farrar, Straus, and Cudahy, 1960.
"Why Do the Heathens Rage?", *Esquire*, 60:60-61 (julho de 1963).
Wise Blood. New York, Harcourt, Brace, 1952.

Reimpressões

Three by Flannery O'Connor. Nova York, Signet.

Estudos críticos e biográficos

Granville Hicks. "A Writer at Home with Her Heritage", *Saturday Review*, 45:22-23 (12 de maio de 1962).
______________. "A Cold, Hard Look at Humankind", *Saturday Review*, 48:23-24 (29 de maio de 1965).
Irmã Bertrande [Meyers], D.C. "Four Stories of Flannery O'Connor", *Thought*, 37:410-26 (outono/1962).
Irmã Joselyn (Ordem de São Bento). "Thematic Centers in 'The Displaced Person'", *Studies in Short Fiction*, 1:85-92 (inverno/1964).

Irmã Mariella Gable (Ordem de São Bento). "Ecumenic Core in Flannery O'Connor's Fiction", *American Benedictine Review*, 15:127–43 (junho de 1964).

Irmã Rose Alice (Irmãs de São José). "Flannery O'Connor: Poet to the Outcast", *Renascence*, 16:126–32 (primavera/1964).

Irving Malin. *New American Gothic*. Carbondale, Southern Illinois University Press, 1962. *Passim*.

James F. Farnham. "The Grotesque in Flannery O'Connor", *America*, 105:277- 81 (13 maio de 1961).

Jane Hart. "Strange Earth: The Stories of Flannery O'Connor", *Georgia Review*, 12:215–22 (verão/1958).

John Hawkes. "Flannery O'Connor's Devil", *Sewanee Review*, 70:395–407 (verão/1962).

Jonathan Baumbach. "The Acid of God's Grace: Wise Blood by Flannery O'Connor". In: *The Landscape of Nightmare*. Nova York, New York University Press, 1965, p. 87–100.

Critique, vol. 2, n. 2 (outono/1958 — Edição dedicada a Flannery O'Connor e J. F. Powers, com bibliografia e artigos de Caroline Gordon, da irmã franciscana M. Bernetta Quinn, Louis D. Rubin, Jr., e George F. Wedge).

Esprit, vol. 8, n. 1 (inverno/1964, edição comemorativa).

Louise Y. Gosset. "The Test by Fire: Flannery O'Connor", *Violence in Recent Southern Fiction*. Durham, Duke University Press, 1965, p. 75–97.

M. J. Friedman. "Flannery O'Connor: Another Legend in Southern Fiction". In: Joseph J. Waldmeir, ed., *Recent*

American Fiction: Some Critical Views. Boston: Houghton Mifflin, 1963, p. 231–45.

Margaret Inman Meaders. "Flannery O'Connor: 'Literary Witch'", *Colorado Quarterly*, 10:377–86 (primavera/1962).

Mary Barbara Tate. "Flannery O'Connor: A Reminiscence", *Columns*, 2:1 (outono/1964).

Rainulf A. Stelzmann. "Shock and Orthodoxy: An Interpretation of Flannery O'Connor's Novels and Short Stories", *Xavier University Studies*, 2:1 (março de 1963).

Richard Stern. "Flannery O'Connor: A Remembrance and Some Letters", *Shenandoah*, 16:5–10 (inverno/1965).

Robert Fitzgerald. "The Countryside and the True Country", *Sewanee Review*, 70:380–94 (verão/1962).

Stanley Edgar Hyman. "Flannery O'Connor's Tattooed Christ", *New Leader*, 48:9–10 (10 maio de 1965).

Sumner J. Ferris. "The Outside and the Inside: Flannery O'Connor's *The Violent Bear It Away*", *Critique*, 3:11–19 (inverno-primavera/1960).

Ted R. Spivey. "Flannery O'Connor's View of God and Man", *Studies in Short Fiction*, 1:200–6 (primavera/1964).

Theodore Solotaroff. "You Can Go Home Again", *Book Week*, 2:1, 13 (3 maio de 1965).